ケラリーノ・サンドロヴィッチ

消失
神様とその他の変種

KERALINO SANDOROVICH

早川書房

7036

目次

ケラリーノ・サンドロヴィッチ

消失／神様とその他の変種

消失

登場人物たち

兄（40）チャズ・フォルティー
弟（35）スタンリー・フォルティー
男1（34）ドーネン
男2（30）ジャック・リント
女1（26）エミリア・ネハムキン
女2（32）ホワイト・スワンレイク

舞台となる部屋は、兄と弟が生まれてからずっと暮らす二階建ての家の一階、リビングとキッチン。二人はこの部屋で一緒に遊び、語り、食べて、二段ベッドの上下で眠ってきた。かつては家族と共に、ある時から二人きりで。階上には、かつて両親が使っていた部屋があるらしい。

いつの時代の、どこの国の出来事なのかは歴然としない。昔々の話なのかもしれないし、ずっと遠くの未来の物語のような気もする。あるいは、時代も場所も特定しない、誰かの語った寓話――。

ただし、部屋に並ぶ家具（ずっしりと本の詰まった本棚、ストーブ、ベッド、レコードプレーヤー、照明器具、ソファー、テレビ等）は明らかにレトロなムード、一九五〇年代あたりのそれを漂わせてリアルに存在している。そしてソファーの横には大きな、クリスマス・ツリー。

観音開きになっている窓の戸を開ければ、人の背高ほども伸びた雑草の繁る、家の前の小道が覗く。

ひとつ誰が見ても奇妙に感じるのは、壁や天井を這う、何本もの太いダクトの存在である。

プロローグ

舞台に明かりが入ると、兄弟がクリスマス・パーティの準備をしている。夕刻である。

兄はアイロンのきいたワイシャツにベージュのコットンパンツ、弟はずっとラフで、着古したTシャツに短パン、部屋の中なのに（そして下は短パンなのに）皮ジャンを羽織っている。

兄　（キッチンでコンロにかかった鍋を覗き込み）スタン。

弟　（準備を進めながら、見ずに）ん？

兄　これ、なに入れたの？

弟　え。

兄　これ、七面鳥にかけるソース。

弟　ああ、ヨーグルトだろ、ホウレン草だろ、干しぶどうだろ、あとあさり、女の子向きに。
兄　（覗き込みながら）ああ。（弟を見て）え、女の子ってあさり好きなの？
弟　好きだよ女の子は。一番好き。
兄　一番？
弟　うん。ねえ、やっぱりクリスマス・プレゼント並べない？
兄　え。
弟　だから、俺たちが子供の頃もらったクリスマス・プレゼントをさ、このへんにズラーッと。
兄　どうしてさ。
弟　話の種になるじゃない。一つ一つについての思い出話をさ、嘘を交えながら面白可笑しく。
兄　いいよ。（否定の意）
弟　なんで。楽しいだろ。
兄　楽しくないよ。
弟　盛り上がるよきっと。

兄　盛り上がらない。
弟　じゃやめる。
兄　うん。

　　兄弟、準備を再開。

兄　なあ。
弟　ん。
兄　ちょっと電気消してみようか。
弟　え、なんで。
兄　あ、そうか、その前にその前に。

　　兄、ウキウキとレコード・プレーヤーに歩み寄るとレコードをかける。クリスマスっぽい曲が流れる。

弟　（いい曲、といった笑顔）

兄　消すぞ。
弟　ん、うん。

兄、電気を消す。
クリスマス・ツリーのささやかなイルミネーションが浮かび上がる。兄弟、その美しさに過剰なまでに感激してツリーをじっと見つめる。

弟　わ……。
兄　きれいだな……。
弟　うん……。
兄　きれいだよ……。
弟　うん。きれいだね……。
兄　（むしろ弟の感激が嬉しくて）な、気づかないと。こういうあれに……。
弟　うん……。
兄　な、消さないテはないんだよ。
弟　そうだね。

兄　フフフ……。
弟　……。
兄　（うっとりして）……。
弟　（同じく）……。
兄　クリスマスはいいな……。
弟　うん。いいね、クリスマスは……。
兄　こうやって見つめてるとさ、なんか、神聖な気持ちになるよな。
弟　一年中飾っておきたいなこれなぁ。
兄　うん、なんか神聖な気持ちになるよな。
弟　一年中じゃ電気代かかってしょうがないか。
兄　うん、なんか神聖な気持ちになるだろ。
弟　つけようよ電気。
兄　神聖な気持ちになるまで待て。
弟　……なった。
兄　よし。

兄、電気をつける。
弟はすでに準備を再開し、兄も作業を始めようとして、ふと、部屋のどこかに置かれた数冊のアルバムを発見する。

兄　（なぜかひどく動揺した様子で）なんだ、なんでこんなものがここにある。

弟　あ、アルバム？

兄　どこで見つけたこれ。

弟　ん、二階。みんなで見ながらあれすれば話の種になるかなと思ったんだけどさ、なんか俺写ってる写真全然ないんだよ。

兄　これには貼ってない。

弟　うん、どこにあんの。

兄　え。

弟　俺の写真が貼ってあるアルバム。

兄　あるよ。

弟　どこに。

兄　あるさ。

弟　（兄の様子を笑って）なに、どうしたんだよ。出しといてくれよ今度見るから。
兄　うんわかった。
弟　（アルバムを開き）あ、これあそこ行った時のだ。
兄　あそこ行った時の。
弟　（別の写真を指し）あ、これ。
兄　これな。
弟　（さらに別の写真を）あ、こいつ。
兄　こいつな。
弟　あ、ここ！
兄　ここな！
弟　（笑って）兄ちゃんなにやってんだよこれ。
兄　うんそうそう。
弟　おやじだ、気取っちゃって。
兄　な。
弟　おふくろきれいだな。フフフ……。
兄　フフフ……。

弟　（アルバムに目を落としたまま）なんで俺写ってんのないんだよ。
兄　……。
弟　あ、これあそこだ。
兄　あそこだよ。覚えてるか。宿屋の大きい池に鯉がたくさんいて。
弟　うん。ほら、俺がバター・ピーナッツやったら、
兄　うん
弟　いくつでもパクパク食べちゃって、
兄　あくる朝見たらその鯉が白い腹出してプカプカ浮いててな。
弟　あん時はほんとビックリしちゃったよ……。
兄　おまえ泣いてたじゃないか。
弟　泣くよ。
兄　フフフ……よしと。

兄、アルバムを持って二階へ。

弟　泣くよそりゃ……持ってっちゃうの？

兄の声　うん。

弟　……。

弟、レコードに合わせて、出鱈目で無邪気な替え歌を歌いながら、クリスマス・プレゼントなのだろう、リボンのついた袋を手にする。

弟　（歌うのをやめて）「あら、これ、スタンさんが編んだの？」「ええ、毛糸は、兄と一緒に選んで」「素敵」「気に入ってもらえました？（言い直して）気に入ってもらえた？」「ええ、ありがとう。とっても暖かそう」「暖かいですよ、とっても」「メリー・クリスマス」「メリー・クリスマス」（再び歌う）

降りて来た兄が階段の途中で見ていた。

弟　……。なにさ。

兄　いや。

弟　歌うだろクリスマスには。

兄　歌うさ。
弟　歌うだろクリスマスには！
兄　歌うってば。フフフフ……。
弟　なにさ。
兄　フフフフ……！（抱きつく）
弟　ちょっとなに⁉
兄　（抱きついたまま歌う）
弟　やめてってば。（嬉しそうに）離せよ。兄ちゃん。腰痛いんだよ俺。兄ちゃん。
（くすぐったいのか）ああ、ごめんなさい！
兄　ハハハハハ。
弟　ごめんなさい！
兄　（離れて）どうするんだよ。
弟　え、なにが。
兄　どうするんだって言ってんだよ！（再び弟に抱きつく）
弟　だからなにが。やめろってのに！
兄　なにがじゃないよ。スワンレイクさんだろ。

弟　どうするってなに、（兄が耳に息を吹きかけるので）くすぐったいよ！

兄　知ってるか、耳に思いっきり息を吹き込んでみると一発で鼓膜破れるんだよ。

弟　（離れて）おそろしいこと言わないでよ。

兄　吹き込まないよ、バカだなあ。

弟　吹き込まなくても、言わないでよ。

兄　いいんだよ言ったって。

弟　え。

兄　スワンレイクさん！　セーターあげただけじゃおまえ、暖かがられるだけだぞ。

弟　ソース。（と話をそらしてキッチンへ）

兄　真面目な話、どうなんだよ。それによっちゃ兄ちゃん、今日スワンレイクさんとどういった態度で向き合うか、

弟　まだだ……。（ソースのこと）

兄　（真顔で）おまえ結婚の話とかしたのか。

弟　（照れてみるみる真っ赤になり）何言ってんの！

兄　結婚だよ。

弟　してるわけないでしょそんな話。

兄　どうして、男と女がおつきあいしたら、次は結婚だろう。
弟　なんだよ真顔で……。してないもんおつきあいなんて。
兄　んん……。
弟　してないんだよ。早くしないとみんな来ちゃうぞ。
兄　まあいいや、おつきあいしてないにしても、好きなんだろ、お互い。
弟　わかんないよそんなの。
兄　わかんない？
弟　わかんないよ。来ちゃうよみんな。
兄　おまえは好きだよな。
弟　……。
兄　スワンレイクさんのこと。好きだよな。
弟　……。
兄　なんだ、恥ずかしいのか？
弟　恥ずかしい。
兄　よし、じゃあおまえを（とおたまを手にとり）このおたまにたとえよう。な、そうすれば恥ずかしくないだろう？

弟　（釈然としないが）ああ……

兄　よし、おまえはおたま、スワンレイクさんはこの、（と別の調理器具を手にとり）なんか、これだ。

弟　……。

兄　おたまは、この、これのことを好きだよな。

弟　……。

兄　好きだろ。好きだって言え。

弟　好き……

兄　よし、じゃあこいつの方はどうなんだよ、こいつはおたまのことをこいつって言わないでよ。

弟　

兄　（笑って）たとえてるんだろ。おまえが恥ずかしいって言うから。

弟　だけどさ

兄　このなんだかわからないものは、

弟　（遮って）なんだかわからないものになんかたとえないでよ！　失礼だろスワンレイクさんに！

兄　ごめん……。

弟　いいけど……。
兄　ごめん……。
弟　いいよ……。
兄　おまえ、そろそろそれ着がえた方がいいぞ。
弟　……。
兄　へんだぞ。
弟　着がえるよ。
兄　暑いのか寒いのかわからない。
弟　寒いよ。
兄　フフフ……すごくへんだよ……。
弟　フフフ……。
兄　フフフ……。
弟　わからないんだよ……。あの人がどう思ってるのか。
兄　……。
弟　なにも言わないからさ、あの人。
兄　(笑って) バカ、それはだって、それはそうだよ。まずはスワンレイクさんのことを好きだってことをおたまの方から言わないと。おたまが自分の事を好きかどうか、スワンレイクさんにはわからないじゃないか。言えないよ、言えるわけないよ女からなんて。

弟 あの人はわかってるよそんなの。

兄 なにが。

弟 だからおたまがどう思ってるか。おたま、じゃなくていいじゃないもう。俺だよ。俺がどう思ってるかなんて、そんなの言わなくたってわかるハズじゃない。

兄 どうしてさ。

弟 ……素振りとかで。ビーム出してるもの。

兄 ビーム？

弟 （半ば独り言で）絶対わかってるよもう。

兄 ビームって？

弟 あれわかってて言わないんだ。

兄 ビームってなんだ。

弟 光線だろ。

兄 （驚いて）光線!?

弟　そんなことで驚くなよ！　光線て、そういう、（と説明しようとするが、やめて）やんなっちゃうなあ。

兄　やんなるなよ。わかったよ。実際に光線をあれしてるってわけじゃなくてな。

弟　なくて。

兄　うん。

弟　……。

兄　だけどそれ、やっぱり言わなくちゃ駄目だって。

弟　彼女は好きじゃないんだってば。

兄　そんなのわかんないだろう。

弟　わかるよ。

兄　わかんないってば。なんでわかるってわかるの。

弟　……。

兄　なあ！

弟　今迄俺が好きになった人が俺を好きになったことがあるか!?

兄　……。

弟　なあ。俺が好きになった人は俺を好きにならないだろ！

兄 それは兄ちゃんだって同じだよ。

弟 そうだよ。

兄 ……。

弟 駄目なんだよ俺達。

兄 (小さく)そんなことないよ……。わかんないよそんなの……もしかしたらってことが、確かに可能性は低いかもしれないけど、○・○○○一パーセント

弟 (遮って)そんな低い可能性に賭けたくないよ!

兄 だって、おまえどうせビーム出しちゃってるんだし。

弟 ビームだけなら言い訳もきくじゃない。好きだって言っちゃったら、それは、好きだってことじゃない⁉

兄 好きだってことだよ。

弟 こわいだろ!

兄 ……。

弟 ……。

兄 こわくても言うんだよ。

弟 ……。

兄　言ってみろ。
弟　言えないって。
兄　言えるよ。ほら（言えという手振り）
弟　え？
兄　ほら。
弟　（面喰らって）今？
兄　兄ちゃんのこと好き？
弟　（あっさりと）好き。
兄　言えたじゃないか。
弟　そりゃ兄ちゃんだからだろ。
兄　同じだよ。
弟　だいぶ違うよ。大体ホワイト・スワンレイクなんて綺麗な名前の人が俺なんかのこと好きになるわけないじゃないか。
兄　俺なんか？
弟　俺なんかだろ。
兄　なんかなんて言うなよ。

弟　言うよ。俺なんか！　俺なんか!!
兄　（なにかを投げるか壊す）
弟　……。
兄　嫌いになるぞ。
弟　ごめん……。
兄　……。スタンは俺の立派な弟だ。世界一の弟だ……。なんかなんて言う奴は許さない……。
弟　ごめん兄ちゃん。
兄　（そっと涙をぬぐう）
弟　……。
兄　（無理して笑い）ごめん、びっくりしたろ。
弟　ううん。
兄　フフ……もういいんじゃないかソース。
弟　俺……。
兄　なんだ……。
弟　俺言うよ、スワンレイクさんに、好きだって。

兄　……！

弟　今日来たら言う。

兄　……そうか！

弟　言う、好きだって言う、うむを言わせず言う。ドアを開けて入って来るなりガツンと言ってやる！

兄　（ほとんど感動しながら笑って）びっくりしちゃうよそれじゃあ！

大はしゃぎする兄弟。

兄　さ、準備準備！　おまえは着がえる！

弟　うん、今。（とまだ別のことを）

兄　（観客に）綿密な打ち合わせの末、スタンの告白タイムは食事タイムのあとに決定。スタンが腕によりをかけた特製ソースのたっぷりかかった七面鳥を食べてもらったあと、それとなくスワンレイクさんを二階の部屋に誘って、プレゼントの手編みのセーターを渡し、ムードが盛りあがったところで……。計画は万全でした。スワンレイクさんが貝アレルギーでさえなかったら……。女の子の一番好きなあさりの入ったソースを一口なめたとたん、彼女は白目をむいて倒れ、痙攣しながらきれいな泡をふきました。僕はまた、危ういところで弟を失わずに済んだわけです……。

溶暗。

スクリーンに映像。

スタッフ、キャストクレジット、タイトル等。

1

兄は三十九年前、弟は三十五年前、この家で生まれた。二十八年前に両親は離婚。原因は父の浮気と、母の浮気。父も母も、家を出たきり戻ってくることはなかった。それでも兄弟は助け合い、励まし合い、大人になった。

翌日の昼、十一時頃。

ツリーはそのままあり、パーティの飾りは、片付けの途中という感じ。

一人の男（男1とする）がソファーに座っている。

退屈そうに部屋を眺め回す。

やがて立ち上がり、本棚の本を出してそれを持ち、ソファーに戻る。

本をめくるが、すぐに興味をなくす。
兄が玄関から入って来る。

兄　あれ。
男1　あ帰ってきた。
兄　ああ……。
男1　誰もいねぇからさ。入ってた。悪いね。誰もいねぇから。
兄　（うなずいて）……。
男1　え、なに、一人？　十一時って約束だろ。
兄　ちょっと、いろいろあって。
男1　一人か……戻って来ねぇの？
兄　わかんない。
男1　わかんねぇって……え、じゃあどうすんの俺。
兄　少し待っていてください。
男1　少し、少しってどのくらい。
兄　（やや苛立って）だからわかんないって言いませんでした？

男1　あれ……（笑って）おこられちゃったよ……。
兄　（心ここにあらずで）すいません……。
男1　じゃああんたの脳みそいじくるか、頭あけて。（笑う）
兄　……。
男1　どうしたの。
兄　いや、ちょっとショックを受けて、ウチ飛び出して……。
男1　スタン？　なにがあったのよ。
兄　いや、いつものことで。
男1　いつものこと？（考えることを楽しむように）なんだいつものことって。わかんねぇな……（と本をめくって）これ見てもわかんねぇよ、ヒント、第一ヒント。
兄　（鬱陶しくて）フラれたんですよ好きな女の人に。失恋。
男1　（なおも考えて）失恋……うーん……（頭を抱える）
兄　え、え、なにを考えてんの？
男1　わかんねぇや。
兄　何が。
男1　第二ヒント。

兄　答えです、失恋は。
男1　あれ、一気に答え言っちゃった⁉（とその驚きを楽しむ）
兄　すいません。
男1　ああ失恋。なんだいつものことじゃない。
兄　だからそう言ってるじゃないですか。
男1　じゃあ戻ってくるよ。
兄　ええ。
男1　うん。失恋かぁ……ようし。
兄　（男1を見る）
男1　？
兄　あいつ戻って来てもヘンなこと言わないで下さいよ。
男1　（考えて）ヘンなこと？　なんだヘンなことって（と本をめくる）
兄　だから、からかわないでやってくださいよって言ってるんです。（本をとりあげて）載ってないからそれにはヘンなこと。
男1　え、からかう？　からかうって？
兄　だから……「失恋したんだって？」とか、そういうことを。

男1　ああ。「また失恋したんだって？」とか？
兄　（うなずく）
男1　「なになにどんな女？」とか？
兄　（うなずく）
男1　えー、「どの位好きだったの？」とか、あとはなんだ、
兄　考えなくていいですよ。
男1　だって、何を言っちゃいけないかをさ。言わないよ。
兄　言わないことをリストアップしなくたっていいでしょう、言わないんだから。
男1　うーん。
兄　うーんて……。あいつ、きっと何事もなかったかのように明るい顔して帰ってきますけど、それは俺に気を遣ってるんです。ほんとはものすごく傷ついてるんです。いっぱいいっぱいなんです。
男1　わかってら、んなこと。
兄　ええ……。
男1　俺があれしたんだから。
兄　ええ……。きのう、あいつ二階に隠しておいたアルバム見つけてきて。

男1　アルバム？
兄　どうして自分の写真だけないんだって言って……俺もうヘンな汗かいちゃって、
男1　ああアルバム。隠しとかないと。
兄　隠しといたんですけど、クリスマスの飾り探してて見つけちゃったみたいで。
男1　言ったよね、俺そういうあれまで責任もてないからね。
兄　ああ、それはもう。
男1　うん……。
兄　お茶入れます。
男1　うん。

兄はキッチンへ行って、ヤカンに水を入れ、コンロにかけるが、スイッチをひねっても火がつかない。

兄　（幾度かやってから）あれ……。
男1　え。
兄　あれ、ガスが……。

男1　つかない？　え、だってこのあたりはまだガスも電気も……。
兄　そうなんですけど……。（うかがうように）水でいいですかね。
男1　（大げさに）水かぁ……！（と悩むが、それが嬉しい）
兄　飲み物ゆうべ全部……。
男1　水、水、うーん水もいいか！　よし、水がいい。
兄　（グラスに水を注ぎ）時期によってかなり苦かったり、やけにドロドロしてたりもするんですけどそれはそれでシチューみたいで……今日は、（と飲んでまずかったのか顔を歪め）……。いい感じです。
男1　いらねぇや、悪い、いらねぇ。
兄　ああ、その方が。（と流しに捨てる）
　　兄、口の中に残った味に顔をしかめながら男1の方へ――。
男1　大丈夫？
兄　大丈夫です。
男1　……。

兄 ……。

男1 ……。

兄 （不意に）俺、ちょっともう一回探してきますわ。

と脱ごうとした上着を羽織る。

男1 え、いてよぉ。

兄 すぐ戻ります。

兄、そう言ってドアを開けるが、そこに人を発見したのか、「あ」と言って後ずさる。

男1 お、戻って来た？　また失恋したんだって？

入って来たのは弟ではなく、女（女1とする）だった。

女1　どうも。
男1　(兄に) どなた?
女1　あの……。
男1　あ、失恋の。
兄　(慌てて) 違います。
女1　失恋?
男1　この人の弟がね、
兄　(遮って女1に) なんでもないんです、すみません。
女1　雑誌を拝見して。
兄　はい?
女1　二階のお部屋を
兄　二階……ああ!
女1　もうどなたか入られてしまいました?
兄　いえいえまだ。ああ!
男1　まあどうぞどうぞ。
女1　お邪魔します。

男1 なに二階貸すの？
兄 雑誌って、もう雑誌に載せた事すらすっかり忘れてました。
男1 二階貸すの？
兄 ドーネンさんいたじゃないですか、俺が募集の用紙に書き込んでた時。
男1 なにを。
兄 だから間取りとか家賃とか。
男1 いないいない。
兄 いましたよ。
男1 いつよ、俺がイカを食い過ぎて腹壊す前？ 後？
兄 俺そんな事件基準にして生活してないんで。
男1 いないよ。
兄 じゃあいませんでした。あ、どうぞ。（女1に）載せたはいいけど待てど暮らせど誰も来てくれなくて。時期も悪かったんでしょうね。あれ雑誌ほとんど誰も買ってないんじゃないかなぁ。
女1 ああ。
男1 （ハッとして）あ、ずっと前!?

兄　（おざなりに）ずっと前。

女1　（飾りを眺めまわして）クリスマスだ……。

兄　はい、ゆうべ。

男1　ずっと前だろあれ。

兄　ええ。

兄、男1を黙らせようとしてか、手元にあったどうでもいいクリスマスの飾りを男1に渡す。

男1　……。

女1　そんな昔に出たんですかあの雑誌……。

兄　ええ。戦争終わる前ですから。

女1　あら、じゃあ、ごめんなさい。連絡もしないで突然。

兄　あ全然。

男1　（飾りをいじっていたが）なにこれ。

兄　あげます。

男1　いらねえよこんなもん。
女1　ネハムキンです。エミリア・ネハムキン。
兄　チャズ・フォルティーです。この人は、誰でもないです。
女1　はい。
男1　誰でも……。
兄　すいません。今、飲み物切らしちゃってて、
女1　いえ、お気づかいなく。
兄　今日は水もダメみたいで……坂下りきったところに井戸があって、そこの水はまだかなりあれなんですけど。
女1　そうですか……。
兄　ええ。今日はどちらの方から。
女1　ここから南へ、車で二時間ほど行った、
男1　南……港の方?
女1　港の倉庫の
兄　ああ。港の方はひどかったみたいですね……。
女1　ええ、今も……。（苦笑して）ウチなんかかろうじて屋根と、穴だらけの壁が立

兄　ってるだけって感じで……。
男1　お気の毒です……。
兄　まあ世界中のことだからねえ……。
女1　港か……海もしばらく見てないな……。
兄　油だらけで、もう……。
女1　ああ……。あ、ご覧になりますか二階。
兄　よろしいですか？
女1　散らかっちゃってるけど……。

兄と女1、そう言いながら階段へ向かう。

男1　行かねえの？
兄　え。
男1　スタン探しに。
兄　行くよ。
女1　おとりこみ中でした？

兄 いえ、ちょっと……どうぞ、上です。そりゃ上か二階なんだから（笑う）。

男1 ねえ、おたく、算術得意？

女1 は？

男1 算術。

兄 いいですいいです。

女1 はい。

男1 あれはいだって。まいっちゃうなあ……。

兄と女1、階上へ去った。

男1、再び一人になって、また部屋をうろつく。

男1 （セーターの入った袋を発見して）？

男1、袋をあけてボロボロになったセーター（というか半分毛糸）を取り出す。

男１　……。

兄が降りて来る。

兄　なにしてんの！
男１　え。
兄　ああ！
男１　俺じゃねえよ。
兄　（男１の手からセーターを奪って）せっかく編んだのに！
男１　俺じゃねえって！
兄　ああ、ああ、ああ！
男１　悪かったよ！
兄　（セーターを見つめ）……。
男１　俺じゃねえけど……。
兄　……。
男１　でも勝手に出したのは悪かったよ……見つけちまったから……見つかるとこにあ

っちゃったから……。誰のセーター？

兄 ……。

男1 あんたが編んだの？

兄 ……。

男1 あの女の人は？

兄 ……。

男1 いいよ答えたくなきゃ！ ちくしょう！（少し泣いたような）泣いてなんかねえよ！

兄 （セーターを袋に戻しながら）見てますよ、気に入ったみたいだ……。

男1 （手で顔を覆った状態で）じゃあ下宿すんのかい、二階に。

兄 さあ、どうですかね……。

男1 （顔をあげて）どですかでん？

兄 はい？

男1 どですかでんて言ったろ今。

兄 どうですかねって言ったんです。

男1 ああ……何を言い出すのかと思った……フフフ……（比べて）どうですかね、ど

兄　ですかでん。聞き間違えるか？
男1　聞き間違えたんでしょ。
兄　うん。どうもいけねえや、耳も、こっち（頭）も……。なんか物忘れがね……。
男1　灰のせいかな。最近またへんな灰が降ってくるだろ、パラパラパラパラ。
兄　（うなずく）
男1　ホント物忘れが……俺がこんなじゃな……。
兄　癌の研究してる医者だって癌になりますからね。
男1　（ヤケに感心して）うまいこと言うな……
兄　いや別に
男1　そうだよな……そうだそうだ。元気が出た。ありがとう。
兄　別に元気づけようとして言ったんじゃないんですけど。
男1　（自分に対する気遣いととったのか）うん。
兄　……。
男1　（すっかり明るくなり）算術、得意かな……あの人。あんた駄目だからな。
兄　安二郎くんの宿題ですかまた。
男1　うん。宿題っていうか、自宅学習。ほら学校焼けちまったから。むつかしいね、算術は。
兄 そういうのって……本人にやらせないと意味ないじゃないですか。
男1 ん、うん。そうなんだけどね……。
兄 人に解いてもらっていい成績とったって……。
男1 まあ、本人の為にはならないってのはあるんだけどな。可愛くてさ。（笑う）
兄 しかも安二郎くんにはあたかもドーネンさんがやってあげたみたいに言うわけでしょ。
男1 もちろん。
兄 よくないなそういうの。
男1 いいとか悪いとかじゃねえからさ……可愛いんだよ……こういっちゃあれだけど、本物の安二郎より安二郎っぽいっていうか……あんたもそうだろ……。
兄 どですかでん。
男1 え。
兄 どうですかねって言ったんです。
男1 嘘だよな、今確かにどですかでんて、
兄 どうですかねって言ったんです。

男1　ああそう……。（と耳をほじくって）二十三、四かね。（と家具に指をこすりつける）
兄　（ので）ちょっと……。
男1　あの女の人。
兄　さあ。
男1　なんていうか、歩いても音がしねえ感じの女だったね。
兄　え。
男1　どんなに力強く歩いても音がしねえ感じだったろ。
兄　するでしょう。
男1　するんだけどさ実際は……。印象。飼ってる小鳥をこう、表情ひとつ変えずにひねり潰しといて、庭に埋めてから突然号泣、みてえなさ。
兄　そんな複雑な印象もちませんでしたけどね。
男1　でその埋めたとこを足で、（踏む仕草）こうやるんだけどよ、音がしねえんだよ。俺が言いたいのはそこ。
兄　じゃあ別に小鳥ひねり潰さなくてもいいじゃないですか。
男1　いいなあそういう女。

兄　いいんだ。
男1　あんた、裸想像してたろ。さっき、話しながら。
兄　なに言ってるんですか。してませんよ。
男1　俺はしたね、悪いけど。かなりしたよ。だってほら、想像は自由だから。想像し過ぎて服着てんのわからなかったよ。
兄　(無視)
男1　いいね、同じ屋根の下にあんな裸の女がいるってのはさ。想像力万歳だ……フフフ……。なにしたっていいわけだからね、想像では。なにしろ小鳥ひねり潰すような女だよ……。
兄　聞こえますよ。
男1　聞こえたって実際なにかするわけじゃねえもん。最近商売女も病気持ってねえ奴いねえからさ……たまってんだよ。たまんねえな。たまってんだけど。
兄　ウチ帰ってから想像してくださいよ、存分に。
男1　(笑顔で)さびしいこと言うなあ……同じ男が……。どうしてんのそういうこと。
兄　女。やっぱり想像？　想像が一番だよ女は。裸だって実際目の当たりにしたとたん
男1　……

女1、階段を降りてきていた。

男1 （兄に）本当に足音しねえよ。

女1 なんか……。

兄 はい？

女1 様子のおかしい男が……。

兄 え？

女1 窓から外眺めてたら、なんかドヨーンとした目をした気味の悪い男がそこらへんを、（と窓の方を指す）この家の前を行ったり来たりしてるの……。

兄・男1 （顔を見合わせる）

女1 鍵しまってますよね。

兄、窓を開けると、そこには弟の顔があった。

女1 （悲鳴）

兄　大丈夫です、弟です。
女1　弟さん……!?

弟、満面の笑顔で笑う。

女1　(悲鳴)
兄　弟が笑っただけです。弟なんで。
男1　(女1に) 悪いね。

兄、玄関を開けて出て行く。

男1　大丈夫だよ、いい奴だから。
女1　あたし……ひどいことを (言ってしまって)

今、窓の外には弟の足だけが見えている。窓の外は土手のようになっており、窓が開いたときに、弟はかがみこんで中を覗いていたわけだ。兄がやって来て、足が四本になる。

男1　仲いいんですよ。（と窓の外を見る）

女1　……。（見る）

男1　可愛いがっててね……。兄弟ってのは（と言いかけて）ほら抱きついた。

確かに、窓の外の二人は抱きあっているように見える。

男1　フフフ……あいつが弟を可愛がってるの見てると、なんだか誇らしい気持ちになるんだよ……。ハタから見てると気持ち悪いでしょ、中年男と中年男が。

女1　誇らしい気持ち……。

男1　ええ。あいつが弟を可愛がってるってことは、すなわち俺を評価してくれてるってことになるわけだから……。

女1　はあ……。（わからない）

男1　……。

女1　……。

男1　長いな……中でやればいいのに。
女1　（考えていたが）え、どうして？
男1　え、外寒いから。
女1　どうしてあの方が弟さんを可愛がることがあなたの評価につながるんですか？
男1　それは言えねえや。
女1　……。
　　窓の外の二人、笑ってじゃれ合っている。
男1　笑ってら……。ハハ……ピョンピョン飛んじゃって。
女1　……。
男1　あいつがね、
女1　え。
男1　チャズが。
女1　ええ。
男1　さっきここであんたと話しながら、あんたの裸を想像したってさ……。

女1　……。
男1　言わないでよ。
女1　……。
男1　いや、冗談めかしての話だから。正直びっくりしたけど。初対面の女と話してて
　　そんないきなり、あれ？
　　　窓の外の二人が玄関と反対の方へ去ったのだ。
男1　なんだあいつら……フフ……あんた独身？
女1　え。
男1　亭主いるの？　いたらこんなところに下宿しねえか……あ、戻って来た。
　　　窓の外を、二人が玄関の方へと横切った。
男1　言わないでよ。

玄関からまず笑顔の兄が、続いて弟が腰を押さえながら入って来た。

弟　ほんと、痛いんだってば腰。

兄　悪かった悪かった。

弟　ゴキッていったぞさっき。

兄　いったな。えーと。ネハムキンさん。（と紹介）

女1　こんにちは……。

兄　スタンリーです。

弟　（腰を押さえながら）こんにちは……。

女1　（兄に）ごめんなさい、さっきはヘンなこと言ってしまって。

兄　え、ああ、いえ。（弟に）おまえがドョーンとした目でウロウロしてるからだよ。

弟　ちょっと、座らせて。（と椅子へ）

男1　どこ行ってたんだよ。

弟　お見舞い。

男1　誰の？

弟　え……

兄　（遮って）きのうのパーティのお客さんで、ちょっとな、体調崩しちゃった人がいてな。
男1　へえ。
兄　どうでした、部屋。今散らかっちゃってますけどあれ片づければ。
女1　ええ、ぜひお借りしたいです。
兄　そうですか。片づければってもちろん僕達が片づけるわけだけど。
女1　窓から見える煙突はあれなんですか？
弟　……。
兄　ああ、火葬場です。
女1　火葬場。
男1　こいつの職場。煙出てた？
女1　ええ。
男1　そう……。
女1　……。
兄　……。
女1　じゃあ、来週早々にでもよろしいですか？

兄　ああ、ええ。もちろん。（女1が上着を着るので）え？
男1　あれ帰るの？
兄　もう少しいいじゃないですか。せっかくあれなんですから、弟も帰ったし。もう少しお話してきません？（と、他意はないのだが女の体を上から下へ、下から上へ見る）
女1　（瞬発的に体をそらして）
兄　え？
女1　いえ。
兄　どうしたんですか？
女1　いえ。
男1　いいじゃない、あんた算術得意？
女1　はい？
男1　すげえ簡単なやつ。
女1　はあ。
男1　ちょっとやってくんねえかな、俺できねえんだよ。
女1　でも、小鳥のことが心配で。

兄　小鳥？
女1　なんだか元気がないんです。二羽のうち一羽が。エサも食べなくて。
男1　（過剰に反応して）小鳥って、小鳥飼ってんのやっぱり。
女1　やっぱり？
兄　え、病気ですか？
女1　かな、なんだか弱ってて
男1　それあんたが乱暴に扱ってるからじゃないの？
兄　何言ってるんですか！
男1　……。
兄　（女1に）可愛がってますよね。
女1　どうだろう……
兄　……。
女1　あまり可愛がってなかったかも。
兄　……。
女1　今になって、病気になったことに気づいて初めて、急に可愛がり始めたような気がする……。

兄　だけど、ひねり潰したりはしないわけだから……。
女1　（身を引いて）なにをおっしゃるの……⁉
兄　……（男1を見る）
男1　見るなよ。
女1　しませんひねり潰したりなんか。
兄　ですから、しないわけだから。
女1　しません。来週の月曜日、暗くなる前に伺います。（そそくさと玄関へ）
兄　お待ちしてます。よろしくお願いします。

女1去った。

弟　なんてこと言うんだよ兄ちゃん。
兄　うるさいな……。
男1　（弟に）ちょっとおかしいと思われたよな。
兄　あんたのせいでしょう！
弟　兄ちゃんのせいだよ！

兄　（説明するのがもどかしく）いろいろあったんだよ！
弟　え……。
男1　なんだいろいろって。
兄　ったく……。
男1　さてと……（弟に）じゃあ始めるか。（兄に）水。

兄、グラスに水を注ぎに行く。

弟　また薬飲むの？
男1　腰にも効くぞ。
弟　またぁ。
男1　ほんとだよ。
弟　やなんだよ苦いから……。
兄　大丈夫だよ水の方が苦いから。

兄、グラスを弟に渡す。長い時間をかけてつらそうに薬を飲む弟を、兄は自分が苦いものを飲んでいるかのように見つめる。男1はそれが気になる。

男1 (兄に) おまえさんがそんな顔してどうすんだよ。疲れるよ。

兄 こっち見なきゃいいでしょう。

弟 飲んだ。

兄 よし、偉い。

弟 まずい。

兄 主に水のまずさだから。

弟 兄ちゃん……。

兄 なんだ。

弟 セーター破いちゃった……。

兄 うん、知ってる。

男1 あ、なにおまえが犯人?

弟 (兄に) ごめん……。

兄 いいよ。

弟 ごめん。

男1　まあしょうがねえよ。
弟　せっかく編んでくれたのに……。
兄　いいって。
弟　怒ってなかったよ、スワンレイクさん。
兄　そうか。
弟　うん。いっぱい謝った。
兄　うん。
弟　もうだいぶ元気みたい。
兄　そう。良かったな。
弟　うん。逆に謝ってくれたよ。昨日はひどいこと言ってごめんねって。
兄　そうか。いい人だな。
弟　うん。あげればよかった、セーター。
兄　……。また新しく編んでやるよ。
弟　うん。
男1　なんだよ、人のこと言えねえじゃねえか。
弟　え。

男1 いや、俺が安二郎の、算術のドリルをね、

弟 ああ、あとでやってあげるよ。

男1 あそう？ 悪いね。じゃあいいや。

弟 フフフ……

兄 なんだ……。

弟 スワンレイクさんね、

とまさにその時、玄関のドアを開けて女2が現れる。この女こそホワイト・スワンレイクなのだった。

弟 （見て、そのままのトーンで）スワンレイクさんだ。（とたんにハッとして）スワンレイクさん!?

女2 こんにちは……。

兄 （笑って）びっくりした……ゆうべはホントに……大丈夫なんですか？

女2 （弟をじっと見つめながら）あたし謝ってなんかいないじゃない……。

弟 ……。

男1　（兄に）誰？
兄　……。
女2　（弟から目を離すことなく）だいぶ元気になってもいないわ……びっくりしちゃった、預かり知らないところであたしだいぶ元気になってるから。なんだろう、よかったねって言いたい。（ドアを閉めて）
兄　スワンレイクさん、あの
弟　行かなかったんだ。
女2　え、どこに？
弟　（兄に）ごめん兄ちゃん、行かなかったんだスワンレイクさんの家《ウチ》になんか。
兄　いいよ……。
弟　俺嘘ついた。沼にいたんだ……ずっと沼にいた……。
兄　うんいいよ、それでいいんだ。
女2　よくないわ。びっくりしちゃう。え？　怒ってない？　もう怒ってないのあたしは？　あさりをたっぷり潜ませた料理をふくまされて、つらくて苦しくてもんどりうって、なに！（と急に後ろを向いて）……今誰かいたような気が……でもいなかった。

兄・男1　……。

女2　巧みなものよね、（兄、男1、顔を見合わす）煮込んで煮込んで、もはやあさりの形状を留めないまでに煮込んで、見事なめくらまし。

男1　（女2に）悪いんだけどさ、今ちょっととりこんでんだよ。（兄に、女2を指して）邪魔。

女2　邪魔!?　邪魔っておっしゃった？

男1　なにコレ。

女2　コレ!?

兄　違いますよ、ほんと違うんです。きのうも言った通り、わざとじゃないんです、そんな潜ませたとかふくませたとか、巧みに煮込んで形状をあれしたとか、誤解なんですよ。なスタン。

弟　いいよもう……（と力なく笑う）

女2　いいと言って笑ってる……。

兄　よくないよ。今ちょっとあいつ病気なんです。

女2　病気？　いいと言って笑う病気？

兄　知らなかったんですよあいつ、あなたが貝のアレルギーだってことを、もちろん俺も。

弟　いいよ兄ちゃん、いいんだもう。

兄　よくないよ！

女2　大きな声……

兄　すみません……。

女2　（兄を見上げて）何センチ？

兄　え、一八七。

女2　大きいわ、誰よりも大きい。

兄　誰よりもでは、

女2　この中のよ。

兄　ああ。

女2　この中の誰よりもあなたが大きいって話。

兄　改めて確認するほどのことでも……。

女2　でも、改めて確認することで実感できることってあるわ……。（男1に）なんでしょう、さっきからジロジロジロジロ……！

男1　いや、（兄に）早く帰んねえかなと思って。

女２　（兄に）どなたなの？
兄　（男１に）ちょっとだけ待ってください。（弟のところへ行き）スタン、言うんだよ……！
男１　（兄に）おい。
兄　おまえが言わなくてどうする。
男１　今あれなんだからさ。
兄　スタン。
弟　（ヘラヘラと）見てみろよ兄ちゃん……スワンレイクさん怒ってるじゃないか……
女２　……。
兄　怒ってないよちっとも。
弟　（ヘラヘラと）嘘だあれ怒ってるよ。
女２　あなたがヘラヘラ笑うから怒るんじゃないかしら……。
弟　へへへ……。
女２　バカにしてる……！（鞄を投げる）
兄　してないですよバカになんか、
女２　鞄が！

兄　これ今、薬が。おい……言うんだスタン。

弟　いいってば。

兄　言うんだよ。

男1　俺言おうか？

弟　うん。

兄　うんておまえ……スワンレイクさん。

女2　なんですか。

兄　好きなんです……。

女2　え……。

兄　好きなんですよ。弟が好きなんですあなたのこと。（スタンに）そうだろ。

女2　からかわないでください。

兄　からかってなんか、スタン！　おいスタン！（とセーターの入った袋を手にして）これ、きのう、こいつが。あなたにあげようとしたんです。クリスマス・プレゼント。渡しそびれちゃって、あなたが泡ふいて倒れたから。（と渡す）

女2　（出して）……。

兄　手編みです、あいつが編んだんですよ……着てみてください！

女2　嫌です！　バカにしないで！

兄　してませんよバカになんて！　これはちょっとそこんとこに引っかけて、ほつれてしまって、でもすぐに

女2　あたしずっと聞いてたんですよドアの外で、さっきの話。

兄　……。意地悪だなあ……だったら……だったらわかったでしょう、いい人だって言ってましたよねあなたのこと、あいつも俺も。

女2　あなたが編んだんでしょ……。

兄　気持ちは弟が。

女2　子供の頃、ラブレターをもらったことがある……

兄　(面喰らって) それはよかった……。(と言うしかない)

女2　靴箱に、水色の封筒が入ってた……好きですって書いてあった。

兄　封筒に。

女2　(兄を見る)

兄　便箋にですね。つまり、中の便箋に。

女2　帰りに浜辺の更衣室、三番の更衣室で待ってるって……

兄　そう書いてあったんですね。それで？　行ったんですね、浜辺の更衣室に、三番の

女2　更衣室。行きました。

兄　やっぱり。

女2　あたしも嫌いじゃなかったから

兄　その男の子のことをですね。それで？

女2　胸がドキドキして、いろいろなこと考えて、

兄　そりゃそうですよ。なにしろ嫌いじゃない人から手紙をもらって、そこに好きですって書いてあったんだから。そりゃそうです。どうしたんですそれで。

女2　更衣室のドアを開けるとたくさんの笑い声が聞こえてきて……「ほんとに来たよこいつ」。「赤くなってやがる」

兄　……。

女2　その中にはあたしに手紙をくれたはずの男の子の顔もあった。タンバリンっていうのその男の子の苗字。変でしょ、タンバリン。

兄　タンバリン。それは、楽器みたいな苗字だ。

女2　そう。音楽の時間に先生が「タンバリンを叩きなさい」って言うとね、みんなが彼を叩くんだ。（と兄を見て笑う）

兄　（ので、笑うしかなく）フフフ……。

女2　タンバリンくん血だらけになって……

兄　……。

女2　今でもはっきり覚えてる……鼻血と、目の、まぶたのこのあたりからもダラダラ血を流して、それでも笑ってるの……泣きながら。一度だけ、彼とゆっくり話したことがあったのよ……あたしと彼が掃除当番で、他の当番の子はみんなすぐに帰ってしまって、あたし達二人きりになったの、教室で。

男1　その話あとどの位続くの。

兄　話してください。

男1　今日はなんかいつもより薬の効きが早いみたいだから。

兄　スタンも聞きたいだろ、スワンレイクさんの話。

男1、無言でソファーへ行き、ゴロリと横になる。

兄　それで？　どんな話をしたんですか、教室で二人っきりになったあなたとタンバリン少年は。

女2　それがね、まったく思い出せないの。

兄　……。

女2　タンバリンっていう苗字について、彼が「親をうらむ」とか、そんなことを言ってた覚えが……。

兄　うーん、苗字だからな……。

女2　……。あとは思い出せない。いずれにしても、彼は彼を叩いた連中とグルになっていたずらの手紙を書いて、あたしを更衣室に呼び出したの。だからほら、そうすることで彼は、あたしをおいて向こうの連中の仲間入りをすることができたってわけ。

兄　……。

女2　うんそうそう。そういう話。

兄　わかりますよ、俺もありますもん。「明日の予防接種の順番、背の高い順だぞ」って驚かされて。でも結局違ったんです。それで終わりなんですけど。

女2　（見て）……。

兄　そんなに大げさに考えなくてもいいんじゃないかな……よくある話ですよね、可愛いいたずらじゃないですか……。次の日になればコロッと忘れるから子供は。

女2　次の日？　次の日からはあたしが叩かれた……タンバリンくんのかわりに。タンバリンくんも一緒になって叩いた。

兄　……。

女2　だってタンバリンくんはほら、あたしを叩かないと自分が叩かれることを知っていたから。

兄　……。ちょっと待ってください。あれ。

女2　……。

兄　スワンレイクさんなんでこんな話を。え、スタンとタンバリンくんを？　違いますよ。

女2　だって。

兄　スタンはそんな奴じゃ、セーターはその水色の手紙とは違います。

女2　お水を……。

兄　あ、水は今日は、あまり。

女2、水をゴクゴク飲むので

兄　……（平気ならいいけど）

女2　（グラスを持ったまま）残念ですけど、金輪際お二人にお目にかかることはないと思います。

兄　え。

女2　もちろんその方にも。（と男1を示す）今日はそのことを言いに伺ったんです。ごめんなさい。口をついて余計なことまでお話ししてしまって。

兄　ちょ、ちょっと待ってください、どういうことですか。

女2　そういうことです。大変楽しい御兄弟でした。

兄　そんな過去形で。（ベッドの弟に）なんか言えスタン！

弟、眠っているのか、何も答えない。ソファーにいた男1も眠ってしまったらしい。

女2　（弟のことを）巧みに眠ったフリをしている。

兄　フリじゃないです、許してやって下さい。薬を、睡眠薬を飲んだんですよ、ひどい頭痛がすると言って。

女2　頭痛。
兄　頭痛。
女2　（男1を指して）この方も？
兄　この方はただ眠ってるんですバカだから。でもスタンは頭痛で。
女2　沼なんかに行くからだと思います。
兄　沼であなたを思っていたんです。
女2　沼ですよ。
兄　沼でもどこでも、あいつはあなたのことを
女2　もうやめてください……
兄　スワンレイクさん……あなたは、あなたが考えてるよりずっと……ずっとずっと魅力的な女性だと、そう思ってますスタンは。
女2　……。
兄　寝ても覚めてもスワンレイクさんですよあいつは……あなたについての情報を嬉しそうな顔して、本当に嬉しそうな顔して俺に報告するんです。あなたがお酒を飲む時にグラスの中で氷があの、カラカラ転がる音が好きだって言ってたこと……今はそれくらいしか思い出せませんけど、他にも数えきれないくらいあなたの情報を…

女2　…。

兄　ええ寝ても覚めてもです。ですから寝てる今も。

弟　（寝言でなにか言葉にならない声を）

兄　ほら……。きっとあなたの夢を見てるんだ……。

女2　（男1を指して）この方も？

兄　その方は見てません、いいんですその方のことは。スタンと、いつも、毎朝報告し合うんですよ、どんな夢を見たか。この間はあなたと海に行ったって言ってた……どこか外国の汚れてない海に行ったんです、もちろん二人きりで。

女2　嘘……。

兄　本当ですよ。

女2　あの人、あたしにはあなたの話しかしない……。

兄　照れてるんですよ……恥ずかしいからついつい気持ちと反対の態度をとってしまう……さっきもそうです……男の子ってそうでしょう。

女2　三十五ですよね。

兄　三十五ですけど。

女2　もう大人だわ……。
兄　そう、大人です。心も体も、本来なら……。俺が、甘やかし過ぎたのかもしれません……。きっとそうだな……。
女2　……。
兄　……。
女2　だけど……。
兄　え……？
女2　……。
兄　だけど？　だけどなんですか？
女2　だけど、あの人のそういうところ……なんていうの、物事に対して常にまっすぐ向き合うというか
兄　そうなんです！
弟　（ムニャムニャ言う）
兄　フフ……なんか言ってるや……。
女2　それに、人のあげ足をとったりしないところ、
兄　しないんですよあいつは。そういうところが？　なんですか？

女2 嫌いじゃありませんでした。

兄 そうですか、嫌いじゃありませんでしたか。だったら過去形にしないであげてほしいな……。

女2 ……。

兄 お願いします。せめて一度、きちんと話をしてやってください。

女2 ……。

弟、ムニャムニャ言っているが、次第にうなされているような声に——。

兄 ……。

女2 うなされている……。

兄 あれは違います。

女2 あたしの夢をみてうなされてます……！（水を飲む）

兄 あれは違います。あれはあなたの出演しない、なんか別の夢で……！

女2 いいえ出演してます。ほらなんか追い払おうとしてる！

兄 してませんよ、お化けの夢です！

弟、静まった。

兄　……。（女2を見て）どうしたんですか？

女2　なんか……

女2、掌にぺっと何かを吐き出した。

兄　なんですか……（と覗き込んで）……歯だ……大丈夫ですか。

女2　歯？

兄　歯ですよね。

女2　（三人を見回して）誰の歯？

兄　誰の……それはやっぱり

女2　その方のね。（と男1を）

兄　いや、

女2　？

兄　スワンレイクさんの歯なんじゃ――

女2　あたしの？

兄　ええ、え、だって例えばスタンの歯が俺の口から出てきたりはあまり……その人の口から抜けるのはまずその人の歯です。

女2　やだ……（とグラスに歯を投げ入れる）

兄　あ。

　　　女2、なにをするかと思えば、グラスを揺らしてカラカラと音をさせた。

女2　（兄をじっと見る）

兄　なんと言えばいいのか……。

女2　歯が抜けたのねあたしの。

兄　そういうことですね……。

女2　フフ……お別れの日に歯が抜けた。

兄　お別れって（女2が水を飲むので）飲むんですか。

女2、兄の顔に思い切り水を吐きかけた。

女2　なにこの水！

兄　今日の水、かなりおかしいんです。

女2　言ってください！

兄　言いましたよ！　言ったじゃないですか。（とセーターで顔を拭き）あセーター！

女2　ひどいわ……

兄　（見ずに）わざとじゃないんです。言ったんですよ俺。

女2　結構です、もう結構。（ストーブに手をついて）あやうく間違った道をゆくところでした。よかったかもしれない。むしろよかっ（突如）熱い!!

ジュ～ッという音と共に女2の手から煙が出た。

兄　え!?

男1　（起きて）なに。

女2、悲鳴を上げながら水道の水で手を冷やそうとするが、蛇口をひねっても水が出ない。

兄　え、出ませんか⁉

女2　(声をあげながらものすごい顔で兄を見る)

兄　俺じゃないですよ！　トイレ！　トイレの水で。

女2　来ないで！

女2、トイレへと去った。

男1　なに、どうしたの……。

兄　…………。

男1　早く帰ってもらってよ……早ぇとこ始めないと。

兄　……。

男1　あれ？

兄　？

男1 （周囲を見回して）おやおや？
兄 ……。
男1 俺、鞄どうした？
兄 知りませんよ。
男1 だって、さっき俺こいつの薬、鞄から出したぞ。
兄 じゃあるでしょう。
男1 待てよ、違うや、薬はポケットから出したんだ。なんでだ？ だって俺こいつの薬確かに鞄の中に入れたぞ。何でポケットから出てくんだよ、確かに鞄に入れたのに。入ってるわけねえんだよポケットにこいつの薬が。ポケットに入れたのは飲ませちゃいけねえ薬なんだから。
兄 ……。
男1 え、とするとなんだ、可能性としては、俺の鞄と俺のポケットがなにか、見えねえトンネルみてえなもんで
兄 スタン！（と弟に駆け寄って、男1に）飲ませちゃいけねえ薬ってなに！
男1 え？ いやよくねえんだよ飲ませたら……。なにどうしたの。
兄 スタン！ スタン！（と弟の体を揺する）

男1　起こすことねえよせっかく眠ったんだから。
兄　どうなるんだよ飲ませたら！
男1　どうなるって、それはいろいろ、
兄　（男1に手をつき出して）見せてみろ！
男1　え？
兄　飲ませちゃいけねえ薬！
男1　ああ。（とポケットを探りながら）あれ？　あれねえぞ。確かにポケットに、なんでだ？
兄　（弟を指して）飲ませたからだよ！　飲ませちゃいけねえ薬を！
男1　え、いやいやだから、ん？　あっいけね！
兄　バカ！
男1　吐かせろ！　便所！
兄　スタン！　起きろ！　スタン！
男1　起きろバカ！
兄　バカとはなんだ！
男1　いいから手伝えよ！

弟　苦しい……。
兄　苦しい!?　苦しいのか!?
男1　そりゃ苦しいよあんなもん飲んだら!　あ痛!（とソファーの裏で何かにつまずいて、それを拾いあげ）鞄だ!

男1と兄、弟をトイレへ運んでゆく。

兄の声　（ものすごいノックの音）すいません!　すいません!
女2の声　なに!
男1の声　なにじゃねえんだよあけろこの野郎!
女2の声　ちょっとたたかないでくれません!?
兄の声　（猛然とノック）急ぎなんです!
女2の声　おわあぁ!
兄の声　すいません!
男1の声　ほら吐け!
兄の声　スタン吐くんだ!

男1の声　指つっこめ！
弟の声　（うめき声）
男1の声　吐けっつってんだよバカ！
兄の声　バカって言うな！
男1の声　だってこいつ……逆さにしろこれ！

すったもんだが続く中、女2が戻って来て、玄関に向かう。
と、玄関のドアが開いて、女1が現れる。

女2　!?
女1　車が故障してしまって……動かないんです……。
女2　……。

明かりが消える。

2

ネハムキンは自動車修理会社に電話するが、誰も出ない。途方に暮れる彼女に、兄は快く今夜の宿の提供を申し出る。ネハムキンはこの家に泊まるしかなかった。小鳥を心配しながら。薬を概ね吐き出し、一命をとりとめた弟は、予定通り今日から五日間、恒例の診察を受ける。兄はドーネンの不注意を咎め、彼を罵ると、三回ほど軽く頭をどつく。スワンレイクの左手は火傷で真っ赤に腫れあがり、手相が無くなった。兄は彼女の傷を手当てし、重ね重ねの無礼を詫びる。午後、弟は秘かに初日の診察を終え、三十五年間眠り慣れたベッドで静かに寝息をたてる。

同日の夕刻である。間もなく陽が暮れてゆく。風が強くなってきて、窓の外の雑草が揺れている。

今そこにいるのは、女1、女2、男1、ベッドに眠っている弟、そして、作業員の格好をしている男2。しかし、なぜか男2は、男1の広げた算術のドリルの問題を解いていて——。

男2 だから、答え、36ヘクタール、いいですか書き込んでしまって。
男1 いいよいいよ。あ、そんなキレイな字で書かねえでくれよ。
男2 え。
男1 俺そんな字書かねえもん。
男2 あ。
男1 （消しゴムを渡す）
男2 あ、すいません。（受け取って消す）
男1 いいよいいよ、悪いね、ガスの点検に来たってのに。あいつ寝込んじまったからさ。
男2 いえ。
男1 簡単だろでも。
男2 ええ……。（乱暴に書き込んで）36ヘクタール。

男1 ああいいな。

男2 読めるかな。

男1 読める読める。（女1に）次は。

女1 （ドリルを読んで）10ゲンズブール銅貨50ゲンズブール銅貨、合わせて32枚あり。これにて892ゲンズブールの支払いをしたるに12ゲンズブール不足すという。各々何枚なるか。

男1 もはや問題の意味すらわかんねえや。できた？

男2 いえ、まだちょっと。

女1 今読んだばっかりじゃないですか。

男1 簡単だろ。

女1 （男2に）いくら簡単だってそんなすぐにはあれですよねえ。

男2 ごめんなさい今ちょっと話しかけないで。

女1 ごめんなさい……（で、男2を見つめるような）

男2 すみません、今すぐ。

女1 ごめんなさい。

男1 しかし8歳の子供になんでこんなことを……10ゲンズブールが何枚で50ゲンズブ

ールが何枚かなんて……んな、金がある時はあるしねえ時はねえんだよ。それでいいじゃねえか。

男2 できました。

男1 よし次。

男2 あの。

男1 え。

男2 あと何問あるんですか？

男1 ん？　あと？　なんで？

男2 いえ、ちょっとだけっておっしゃってたから。

女1 もう30問はやってくださってるし。

男1 いや、どうせなら一冊全部あれしてもらおうかなと思って。

男2 いやすいません。それはさすがに。これ、あと200問はあるから。

男1 簡単だろ。

男2 点検しなくちゃいけないし。

男1 だから点検しがてら。

男2 がてらって……

男1　じゃあと3、40問。

男2　……じゃあと3、4……（と言いかけて）2問。

男1　（なぜか嬉しそうに）2問かぁーっ！　じゃあちょっとやっといて。（と立ち上がる）

女1　どこ行くんですか。

男1　チャズのやつ見てくる。（と上着を着ながら）ちょっと遅すぎるだろ、すぐそこだもん井戸。落ちたんじゃねえだろうな。

女1　井戸に？

男1　随分前に来た時も近所の子供が落ちたって言っててさ……。

女1　やだ。

男2　どうなったんですか。

男1　なにが？

男2・女1　子供。

男1　まだ落ちてんじゃない？　深いから助けようがねえんだよ。

男1そう言うと出て行った。

男2　あの方は、どういった……

女1　さあ……誰でもないと紹介されました。

男2　ああ。すると僕は誰でもない人間に協力してるわけか……

女1　そうなりますね……フフ……おかしい。

女2　おかしくないおかしくない。

女1　え。

女2　何も言ってませんけど。

女1　……。

男2　くだらないこと言っちゃったかな僕。

女2　（不意に立ち上がる）

男2・女1　（ので思わずギクリとするが）

女2　そんなことないと思いますよ……。

男2　あ、ハハ。

女2　どうしたんでしょうね。

男2　はい？

女2 ガス。
男2 ああ。
女2 ダクトかしら。
男2 どうなんでしょうね。見てみないと……。

女2、トイレへ。

男2 どこ行ったんですかね。
女1 お手洗いですきっと。さっきからもう、（とメモを見て）5回も。
男2 （メモっていることに）……。
女1 （メモに棒を一本引っ張ると、窓の外を見て）風が出てきた……。
男2 えっと、あの方は。（女2のこと）
女1 よく知らないんですあたしも。
男2 ああ。
女1 強いて言えば、トイレの近い方。フフフ……。
男2 （真顔で）なるほど。

女1　……。
弟　（ムニャムニャと寝言）
女1　おかしくないって言いました？　今あの人。
男2　言ってないでしょう。
女1　やだ、被害妄想？
男2　（苦笑）
女1　（弟を見て）よく眠ってる。
男2　御病気なんですか。あ、知らないか。
女1　ちょっと変わった方なんです……。
男2　というと。
女1　変わったというか、不思議な。お兄さんもちょっとストレンジな……窓の外で、こう……（ふと）あれ本当に兄弟なのかしら。
男2　ごめんなさい、何をおっしゃってるのかあまり。
女1　どう言えばいいのかな……こう言ってしまっては失礼ですけど、世の中と折り合いのつかなそうなお二人で。見ていると、うってなるんです。

男2　やっちゃおうかな……。（算術の問題のこと）

女1　あ、読みます。

男2　すみません、っていうか、さっきからどうしてあなたが問題読んでるのか。

女1　（読んで）地球表面の海の面積は、陸の面積の約三倍にて、陸の面積の四分の三は北半球にあり。北半球にては海の面積は陸の面積の何倍なるか。

男2　やってみます？

女1　じゃあ。海の面積は陸の面積の……あ。

　女1、階段へ向かう。

男2　なんですか。

女1　いいものが二階に。（階上へ去った）

男2　……。

　男2、去った女1を小バカにするように笑うと、部屋を詮索するように見回し、男1の鞄を開ける。

中にはデジタルなんだかアナログなんだかわからない機器や、工具のようなものが入っていて――。

男2　……。

弟　何してるの。

男2　（ハッとして離れる）

弟　（ガバッと半身を起こして）誰。

男2　あ、セントラル・サービスです、ガスの検査に。電話を頂いて。

弟　ドーネンさんの鞄だよそれ。

男2　あ、そうか、自分のかと、間違えた……。

弟　勝手に入ったの。

男2　違いますよ。

弟　……。（ムッツリ）

男2　なんですかその顔は。

弟　え？

男2　違いますって。

弟　（ムッツリしたまま）俺ヘンな顔？
男2　そんなことないですよ。
弟　どんな顔。
男2　え。ヒゲが生えてて……あと目が二つ鼻が一つ、ハハハ……
弟　勝手に入ったんでしょう。
男2　違いますって。今までここに（たくさんの人が）……。
弟　（起き上がり、ベッドを降りるので）
男2　いいんですか寝てなくて。
弟　寝ててほしい？
男2　そんな。
弟　それドーネンさんの鞄だよ。
男2　だから間違えたんですよ。
弟　兄ちゃんは。
男2　え。
弟　わからないんだね、勝手に入ったから。
男2　違いますってやだなぁ。今井戸に水を汲みに行かれてます。まだお会いしてないんですよ、来た時もういらっしゃらなくて。私、向こう（坂の上）から来たから。ドーネンさんは。

男2　ドーネンさん、ドーネンさんはお兄さんが遅いって言って、様子を見に。

弟　（胸のあたりをおさえて）気持ち悪い……。

男2　ああ、寝てらした方が。

弟　寝てらした方が？　都合がいい？

男2　またまた……。

弟　ガスはどうなの。

男2　まだ診てないんですよ。

弟　これはなに。（とテーブルの上のドリル等を）

男2　あ、これ、その、ドーネンさんから頼まれて。

弟　今日クリスマス？

男2　え。

弟　（半分取れかかった飾りを見つめ）……。

男2　いいえ、今日は26日です。

弟　終わったのクリスマス。

男2　ええ、今日26日だから。
弟　俺の顔ヘン？
男2　ヘンじゃないです。
弟　そうか……終わっちゃったのか寝てる間に。
男2　ああ……ちょっと損しちゃったって感じですか。まあまた来年が。
弟　（ハッとして）セーター！
男2　セーター？　セーター……
弟　あ。

弟、部屋を見回し、セーターの入った袋を発見して安堵する。

弟　セーター……。（と袋を抱きかかえる）
男2　（よくわからないのだが）よかった。

女1が地球儀のビーチボールを持って降りてきた。

女1　あったあった、ありました。（と弟を発見）あ……起きられたんですか。

弟　誰。

女1　え。

男2　初対面？

女1　いいえ。

弟　俺のビーチボール。

女1　ごめんなさい。（思わず差し出す）

弟　（受け取らず）誰。

女1　え、だって……昼間お会いしましたよね。

弟　昼間？

女1　ええ……え、（男2に）双児？

男2　さあ私は。（知りません）

女1　二階をお借りすることに……。

弟　知らないよそんなの……。

女1　え……。

弟　住むの二階に。

女1　ええ、一応そういうことに……

弟　俺の顔ヘン？

女1　ヘンじゃないです。え、どうしてそんなこと……

弟　言われたから。

男2　言ってないじゃないですか。ヘンじゃないって言ったんですよ。

弟、ドリルを見る。

女1・男2　……。

弟　（しばらく見ていたが、顔を上げ）え、なに、これでそれを？（ビーチボールのこと）

女1　ええ、それでこれを。

弟　これね、地球の面積を1とするんだよ。

女1　え。

弟　すると陸は四分の一だろ、海が陸の三倍なんだから。

女1　ええ。

弟　だから北半球の陸の面積は、（とペンをとり）¼×¾＝3/16だろ。
女1　（わからないのだが）ああそうか。
弟　だから？
女1　だから？
弟　北半球の海の面積は？
女1　えーと、（とビーチボールを指で測ったりして）
弟　½－3/16だろ。
女1　あそうか。
弟　なんで½なのかわかってる？
女1　ああそれは。
弟　あなたてんでダメだなあ。
女1　てんでダメで……。
男2　地球の面積を1としたからですよね。
弟　そうそう。
男2　（女2に）だから北半球なら½でしょ。
女1　あ、そうか。

弟　で？

女1　で？

弟　（男2に、女1のことを）ちょっと。

男2　すいません。

女1　（小さく）ごめんなさい……。

男2　ね、残り5/16、これが？　北半球の海。

女1　（男2の台詞に重ねて）北半球の海。

男2　だから、5/16÷3/16は？

女1　は……

男2　1と⅔倍。

女1　（男2の台詞に重ねて）1と⅔倍。

男2　これが答え。

女1　ああなるほど。

男2　ほんとすいません。

弟　あなたはてんで、あ！

女1　あ……。

いつの間にか、ビーチボールがすっかりしぼんでいたのだ。

女1　これ、穴が。

弟　ああ……！

弟、すっかりしぼんでしまったビーチボールを女1から奪い取ると、膨らまそうとする。

男2　穴があいてるから……。

弟、それでも意味不明の声をあげて膨らまそうとする。

男2　穴があいてるからそれ、

弟　駄目だ！　穴から空気が出ていく！

男2　ちゃんと謝った方が。

女1　ごめんなさい。そんなに大切なものだなんて思わなくて……！
弟　何を見て決めるんだそんなこと！
女1　え。
弟　何を見てあんたは、たとえばこれが俺にとって大切じゃないものだって判断したのか聞いてるんだ！
女1　何を見てって……ビーチボールだなぁって……
弟　地球儀のビーチボールだ！
女1　（半泣きで）だから地球儀のビーチボールだなぁって。
弟　地球儀のビーチボールは、ボールで遊んだあと疲れて、眺めながら、地球のいろいろなことを話せるんだ！
女1　（もうほとんど泣きながら、はね返すように）ごめんなさい気づきませんでした！
男2　（女1に）泣くことないでしょう。
女1　だってこの人……！
弟　これを見ながらネアンデルタール人の話をした……あの人はニコニコしながらいろんなことを教えてくれたんだ……おまえ知ってるかネアンデルタール人！

女1　え。
弟　ネアンデルタール人だよ！
女1　知ってるわよ……昔の、猿と人間の間のあれでしょ！
弟　ゲスな女だな……
女1　ゲス!?
男2　クロマニヨン人の前の、だから、直立猿人ですよね。
弟　あたりまえだろ！
女1　ゲスなんて言われたことありません！
弟　みんな我慢してるんだろ！
男2　まあまあまあ。
弟　貸さないぞ。お前に二階は貸さない。
女1　お兄さんは貸してくれるって言ったわ！　むしろ歓迎してくれるわよ！
弟　嘘だ！
女1　本当よ。おかしいんじゃないの、あんたいたじゃない昼間！
男2　落ち着こう、落ち着きましょう。
弟　兄ちゃんがこんな、割り算も出来ない女に貸すって言うわけがない……。出来ないならやらなきゃいいんだ。

男2 ……。

女1 学校行ってないのよ体が弱くて……。

弟 ……。

男2 （笑顔で）ほら、こういう、聞いてみないとわからない事情があるわけじゃないですか、人には。

女1 他にないんです行くところ。家賃がここの十倍も二十倍もして、とても払えないんです。お願いします。ここに住まわせてください。

弟 ……考えてみる……。

女1 お願いします。

弟 ……。

女1 ……。

弟 （不意に）え、クロマニヨン人の前って言った？

男2 え。

弟 （ビーチボールを見ながら）実際には共存していた時期があるんだよ、ネアンデルタール人とクロマニヨン人は。

男2　あ、そうなんだ。

弟　（うっとりと）その人が教えてくれたんだ……。

男2　へえ。

弟　ネアンデルタール人は火を使った。あと、死者を花と共に葬った。あと、石のナイフを作った。あと、住居の柱を支える穴を掘った。

男2　ええ。共食いしてたんでしょ。

弟　とと共食い！

男2　ええ。なんかの本で……見つかった骨が、なんか……砕かれた骨や頭蓋骨からみて、おそらく共食いをしてたんじゃないかって、

弟　そんな話はいい！

男2　ああ。

弟　そんな話じゃなくて、ネアンデルタール人が、スペインのほら穴から生まれたネアンデルタール人が、もしジブラルタル海峡から暖かいアフリカに移住することを思いついていたら……きっと、きっと絶滅しないで済んだんじゃないかってそういう、そういう話をしたんだ……！　そう言いながらスワンレイクさんは地球儀を……どこだジブラルタル海峡は！（と、もどかしく地球儀を探る）

男2　スワンレイクさん。
弟　（自慢するように）キレイな名前だろ。
男2　ええ……恋人ですか。
弟　まだだよ……まだこれから……。
男2　ああ……でも、二人でビーチボールで遊んで、疲れて、それを眺めながらネアンデルタール人の話をしたんですよね。
弟　うん、した。
男2　それは、もう友達以上じゃないですか。
弟　そうかな。
男2　そうですよ。
弟　フフフ……いい人だなあんた。
男2　よく言われます。
弟　でもいいんだよ。今のままで、話せるだけで……。
男2　そんなもったいない。
弟　いいのいいの。フフフ……セーターーセーターあげようと思ってるんだよ。
男2　ああ、セーター、それでさっき。

弟　どうかな、セーター。

男2　（女1に）どうですか、もしあなたが男の人からセーターもらったら。

弟　（遮って）いいよそいつは。

女1　……。

男2　ハハ……いいと思うな、セーター。着る物は必要ですしね。

弟　あと暖かいだろ。

男2　暖かい、それもある。

弟　ネアンデルタール人はね、まだ縫い物の知識を持ってなかったんだって。

男2　え、じゃあ裸で、

弟　裸じゃ寒いじゃない。動物の皮をね、そのまま身にまとってたんじゃないかって。

男2　へえ。

弟　スワンレイクさんが言ってた。

男2　そうですか……。

弟　（突如不安になり）あれ……。

男2　どうしたんですか。

弟　まさか、俺が眠っている間に。

男2 え。
弟 そんなわけないか。
男2 ええ。
弟 兄ちゃん、クリスマス・パーティやったって言ってた?
男2 いや、ですから、お会いしてないんですよまだ。

弟は、奇妙な形の電話(電子ブロックのような板に受話器がついたもの)の受話器をとり、電話をかける。
鐘の音が鳴る。

男2 遅いな……。
弟 (電話をしながら)え……。
男2 いえ、お兄さんと、デーモンさんでしたっけ。
弟 ドーネンさん。
男2 ドーネンさんか。
弟 やめてよそんな恐ろしい名前。

男2　ハハハ……。

弟　（ボソリと）いないや。（と切る）

男2　スワンレイクさんですか。（電話のこと）

弟　ガスの点検しないの？

男2　あ、しますします。

弟　俺、ちょっと見てくる。

　　　弟、玄関へ向かう。

男2　いや、だけどデーモンさんも、（言い直して）ドーネンさんもさっきそう言って出掛けられて

弟　井戸でしょ。

男2　ええ、井戸。

　　　弟、行ってしまった。

男2　確かにちょっとおかしいわ。
女1　え。
男2　（露骨に馬鹿にして）たかがビーチボールで大の大人が泣くかぁ!?
女1　ですよね。そんなあたし、ビーチボールひとつあれするのにネアンデルタール人のことまで
男2　考えない考えない普通考えない。
女1　でしょ。

弟、戻って来た。

弟　寒い。
男2　（態度をコロリと変えて）風邪ひきますよ、何か着て行かないと。
弟　その為に戻って来たんじゃない。（と階段を上がり）ドーネンさんの鞄だからね。
男2　わかってます。

弟、二階へ去った。

女1　（男2を、どこか甘えるように責めて）なんだか要領いいですね。
男2　なに言ってんの。君が借りらんなくなると困ると思ってあれしたんじゃない……。
女1　（嬉しく）……そうなんですか？
男2　（笑顔で）そうだよ。
女1　ありがとう……。
男2　まったく……。
女1　なんですかドーネンさんの鞄て。
男2　知らない。ヘンだよあの男。
女1　ヘンですよね。
男2　ヘンヘン、やばい。
女1　やばい。
男2　ジャック・リントです。
女1　エミリア・ネハムキンです。

二人、握手をする。そしてそのまま離さない。

女1 ……。
男2 ……。

窓の外で、何か鳥のような、獣のような、奇妙な鳴き声。

女1 (窓の方へ行き)なんの声……?
男2 (わからず)なにかな……。
女1 ネアンデルタール人?
男2 それはなに、笑えばいいの?
女1 鳥?
男2 鳥……かな……。
女1 (ハッとして)あ。
男2 何。
女1 きっと今頃死んでるわ。
男2 何が。

女1　鳥。
男2　今の？
女1　（首を振り）家の小鳥。
男2　どうして。
女1　病気、多分。エサをね、水でといて、無理矢理スポイトでこう、口に突っ込んであげないと食べないの。
弟　（階段を降りて来ていて）誰が？　俺？
女1　え。
弟　食べるよ。
女1　え……いえ、鳥の話です。
弟　チキン？
女1　じゃなくて。
弟　食べるよ。
女1　小鳥です。しましたよね小鳥の話。病気だって。
弟　してないよ。
女1　……。

男2　今外で、鳥が鳴いたんです、それで。
弟　ガスの点検は。
男2　してたら鳴いたんです、丁度してたら丁度鳴いたんです。

弟、外に出て行く。男2、レコードをかけようと蓄音機に向かう。と、窓の外を弟が通るのとほぼ同時に女2がトイレのドアから戻って来る。

女2　スタンリー。
男2　あ。
女2　起きたの!?（弟のこと）
男2　ええ、今。（と玄関のドアを指す）

女2、玄関の方を見ると、ドアを開けて外へ走り去る。

男2　（笑って）なんだ？

男2、レコードをかけるので音楽が鳴る。

窓の外に女2の姿が見え、その声は音楽でかき消されて聞こえないが、おそらく弟のことを呼んだのだろう、弟が戻って来る。

女2、戻ってきた弟に、やにわに抱きつく。

男2・女1　!?

おそらく驚きのあまり、されるがままだった弟も、やがて女2に腕をからませる。

沈みゆく夕陽が二人の姿を照らす――。

窓から見えるのは下半身のみなのだが。

男2と女1、少し離れた位置から身をかがませ、キスをしているらしい二人を確認し、呆然と顔を見合わせる。

女1、男2に向かって何か言うが、音楽にかき消されて聞こえない。

男2　(大声で)え?

女1、再び何か言うが、聞こえない。

男2　え？

男2、蓄音機のボリュームを少しだけ下げる。

女1　なんでもありません。

男2　なんだよ。なんて言ったの。

女1　「あの人窓の外でよく抱かれる」って言ったんです。

男2　嘘つけ。もっと短かったじゃない。

女1　なんでもない。

男2　なんだよ……え、よく抱かれるって、よくって？

弟と女2、玄関の方へと去る。

男2　あ、戻って来る。（あたりまえに）隠れよう。
女1　え、どうして⁉
男2　なんとなく。
女1　なんとなくって——。

男2、女1の手を引いてトイレのドアを開け、その向こうへ。
弟と女2、玄関のドアから戻って来る。

弟　どうぞ入って下さい。あれ？　相変わらずむさくるしい家だけど。
女2　なに今さら。
弟　今さら？
女2　だってあたしずっとここにいたから。
弟　え。
女2　ずっといたのよあれから。
弟　あれから？　どれから？
女2　昼間から。

弟　いた？
女2　いた。
弟　（考えて）え、それは……スワンレイクさんの気持ちがってこと？
女2　気持ち？
弟　だから、たとえどこにいても。気持ちは……なにを言わせるんですか。（照れる）
女2　何を言ってるの？
弟　いました。あなたはずっとここにいてくれました。ハハハ。なんだかいつまでも震えが……。
女2　あたしも。
弟　驚いた……。
女2　あたしも……。
弟　え。
女2　物置見ちゃった。（とトイレへのドアを指す）
弟　え。
女2　物置。
弟　え、いっ!?

女2　今。びっくりした……。

弟　え今って、いつ？

女2　ついさっき。

弟　だって、え。ごめんなさい混乱してるかもしれない。手、どうしたんですか⁉

女2　なんでもない。ファッション。

弟　ファッション？

女2　（トイレのドアの方を見て）あのひまわりの花束は、咲いてたんでしょ。

弟　え。

女2　咲いてたんでしょ、摘んできた日には。

弟　ああ……ええ、今はただの、モサモサっとしたゴミみたいになっちゃったけど……。でも兄ちゃんは捨てろなんて言わないんだ。

女2　あたしがあの喫茶店の話をした日だよね、覚えてる。ひまわりっていう喫茶店があって、その喫茶店は昔の、イタリア映画の題名からお店の名前をとったってそう言ったあたし。

弟　ええ……それで。本物のひまわりを見てみたいって言ったんです。

女2　うん。

弟　だから、俺は、本物のひまわりをあなたに、スワンレイクさんに見せてあげたいなと思った……。

女2　ありがとう……

弟　そしたら兄ちゃんが摘んできてくれたんです。

女2　チャズさんが？

弟　あ。（と口を押さえ）兄ちゃんには秘密ですよ。兄ちゃんはあなたに、俺が摘んできたと思っていてもらいたいんです。

女2　……。

弟　秘密ですよ。

女2　わかった……。

弟　渡しそびれてるうちにアッと言う間にしぼんじゃって……もうボロボロだったでしょ……ひまわりは夏の花だから……（嬉しそうに）でも兄ちゃんは捨てないでとっておけっていうんです……。

女2　じゃああの絵ハガキも？

弟　あ、エッフェル塔の？　あれ雨に濡れちゃって

女2　あれもチャズさんが？　スワンレイクさんへって書いてあったあの文字は？

弟　文字は俺が。でも、兄ちゃんが買ってきてくれたからこそ、

女2　(遮って)じゃあオルゴールは？

弟　音が出ないんです、買ってきた帰りに兄ちゃん、落っことしちゃって。

女2　じゃあなに、あれ物置にあったもの全部、チャズさんが調達したものなの？

弟　それは秘密です。あんまりバラすと可哀想でしょ。

女2　可哀想……。

弟　ただこれだけは言えるな。たとえあの中に俺があれしたものがあったとしても、そこには兄ちゃんの絶え間ない努力がこう……息づいてるんです。

女2　え、え、え、ごめんなさいちょっと整理させて、あたしのこと好きなのは誰？

弟　え。

女2　チャズさん？

弟　もちろん兄ちゃんだって大好きだよスワンレイクさんのこと。

女2　うん、うん、うん、それはありがたいの、それはありがたいのだが。

弟　……。

女2　(質問の方向を変えて)じゃあ……チャズさんがあたしとキスしたらどう？

弟　(大きなショック)え……!!

女2 違うしてないしてない、してないのだが、もし、もししたら。
弟 したいの!?
女2 したくない。したくないわよ。
弟 いいですよ無理しなくても。
女2 無理してないってば。あたしはチャズさんとはキスしたくありません。
弟 だったらいいんですけど……。
女2 (うかがうように)チャズさんも、あたしとキスしたくないわよね。
弟 (動揺して)なにぃ!? なにぃ!?
女2 ごめんなさいごめんなさい。ヘンな事聞いちゃった。
弟 スワンレイクさんさぁ、LOVEとLIKEの違いってわかる?
女2 うんわかる。
弟 兄ちゃんがスワンレイクさんのことを好きなのはLIKE、俺がスワンレイクさんを好きなのは……
女2 LOVEなのね。
弟 (うなずく)
女2 だったらいい、だったらいいの。ごめんねヘンな事言って。

弟　いえ。
女２　あの人達どこ行ったのかな……。
弟　どの人達？
女２　セントラル・サービスの人と、ここの二階に住むっていう——
弟　スワンレイクさん一度来たんですか今日。
女２　だからいたんだってば物置に。
弟　体の方も？
女２　体の方も。
弟　じゃああの人達とも
女２　うん、どこ行ったのかな、このへんに（とドアをあけて）隠れてた。
　　女１、男２、ドアの裏にいた。
男２　（サッサと出てきて）ちょっと気をきかせてみました。
弟　ガスは!?
男２　ええ今。（と準備をしながら）いいんですか行かなくて。

弟 どこへ。

男2 井戸。

弟 （ハッとして）あ。（女2に）俺行かなきゃ。

女2 あたしも行く。

弟 いいですよ、暗くなってきたし寒いし風強いし、

女2 （キスして）平気平気。

弟 （ボォッとした）

男2・女1 ……。

男2は聴診器のような器具を出して椅子に乗り、ダクトにあてていたのだが

男2 （笑って女1に）落っこちそうになっちゃったよ……。

と、そこへ男1が、ボロボロになったCD／MDプレーヤーと、やはりボロボロになったギターを持って帰って来る。

男1　（嬉しそうに）風強ぇ。（男2をたたいて）お、やってるね。
男2　ちょっと危ない。
男1　（ドアを）閉めて。
男2　なんですかそれ。
男1　落っこってたから拾ってきた。
男2　CDプレーヤー？
男1　とギター、と携帯電話、となんかネジ。いらねえやこんなもん。（とネジをゴミ箱に捨てる。で携帯に）もしもし。（と言うがすぐさま捨てる）なんか拾っちゃわねぇ？　落ちてっと。
男2　いいえ。
弟　ドーネンさん兄ちゃんは？
男1　（弟に初めて気づいて）あれ!?　なに起きてんの!?
弟　起きた。兄ちゃんは!?
男1　起きちゃって平気？　平気じゃねえだろう。
弟　兄ちゃんは!?
男1　兄ちゃんはどうだろう。俺そっちの道行ってブラブラしてたから。

皆 え。

男1 なんだよ全員で。

弟と女2、玄関へ。

男1 おいまだ動きまわっちゃ駄目だよ。

弟 大丈夫だよ。

男1 バカ、記憶のプログラミン……（言い淀む）

女2 プログラミン？

男1 そういう薬があるんだよ。記憶堂から出てる。久屋記憶堂。

女2 お医者様？

男1 いや様ってほどじゃないんだけどさ、まあそんなような、お医者ちゃんぐれえの。

男2 へえ、お医者さんだったんですか。

男1 いや、お医者っていうか、だからそんなような、違う。

弟 モグリだよ。

男1 モグリとか言うなよおめえは。

弟　（女2に）お兄ちゃんの古い友達。
女2　ああ。
弟　毎月定期検診に
男1　（遮って）いいから。お前は寝てなきゃ駄目なの。
弟　だって心配だろ。
男1　おめえの方が心配だよ俺は。
弟　なんで急にそんな思いやりを。
男1　急にって……平気だよ、チャズはもう来年40だぞ。
弟　俺だって来年36だよ。
男1　ああ。俺より年上か。それがなんだ。
弟　なに言ってんの。（行こうとする）
男1　駄目だってのに。
女2　あたし行ってくる。
男1　おう。
弟　それは駄目です。
女2　なんで。33よ。

男1　あ同い年。

弟　……それは奇遇だけど、危ないから駄目です。

男1　じゃあ誰が行くよ……。

男2　え。今点検中だから。

男1　じゃあ……。

女1　あたしですか……!?

男1　なんだよ、「なんであたしが」みてえな顔して……行く奴いねえよじゃあ。可哀想にあいつ、誰も探しに来てくれねえで

弟　ドーネンさんが違うとこ行ってこんな（ゴミ箱を指し）いらないもの拾って来るからだろ！　行くよ俺。

男1　駄目だってば。わかんない三十五歳だねえ。帰って来るよ大人なんだから。

女2　さっき心配してたじゃないですか。

男1　さっきはさっきだよ。しょうがねえな行ってくるよじゃあ。

弟　ドーネンさんまたなんか拾ってくるだけでしょう!?

男1　おう。

男2　（女1に）ごめん、ちょっとガス栓ひねってみてもらえると嬉しい。

女1　はい。

　女1がガス栓をひねると、水道から水が出る。

皆　!?

　女1、コンロのツマミを戻してみる。
　水がピタリと止まる。
　女1、再びコンロのツマミをひねってみる。
　水が出る。

皆　……。
男1　(ツマミを戻そうとする女1を制して) あ。

　男1、グラスに水を注いで、飲む。

男1　なんだうめえじゃん。（女1に）何？　いいよ止めて。

女1、コンロのツマミを戻す。

水がピタリと止まる。

女1、男2を見る。

男2、ダクトを見る。

皆もダクトを見る。

女2、水道の蛇口をひねってみる。

ベッドの横の電気スタンドがつく。

女2、蛇口を戻す。

電気スタンドの明かりが消える。

弟、電気スタンドのスイッチを入れるとトースターの中から音を立てて食パンが飛び出す。

弟、電気スタンドのスイッチを消すとパンが引っ込む。

弟、トースターのスイッチを押す。

男1　ん⁉

皆　(見る)

男1　ペッ(と何かを吐き出す)

男2　なんですか?

男1　歯だ。

女2　あたしの⁉

女2以外　え?

女1　どういうこと……⁉

弟　トースターのスイッチを入れたらスワンレイクさんの歯が抜けた。

男1　俺んだよ。

男2　(真剣に) いや、今のはスイッチとは関係ないでしょう。

男1　あたりめえじゃねえか。たまんねえよパン食う度に歯が抜けたら。

男2、椅子から降りて、もう一度コンロのツマミをひねってみる。

水が出る。

女2　あるんですかこんなことって。

とたんに、バラバラバラッと勢いよく、水と一緒になにかが出る。

女1　ひっ！
弟　なに!?
男2　（流しに散らばったそれらを見て）歯です。
女2　ええ！（と口を確かめる）
弟　大丈夫、抜けてない、大丈夫。

男2以外の皆、不安になって自分の歯を確かめるような仕草をする中──

男2　おそらくみなさんの歯じゃありませんから。（男1に）さっきの歯もあれ、お飲みになった水に混じってたんでしょう。
男1　ああ。
女1　やだ。

男1　じゃあなんか得したな。（歯を嬉しそうにポケットに）
女2　そうか……あたしもあの時水を……。
女1　なんで歯がこんなところから……。（男2が歯の臭いを嗅いでいるので）なにに
おい嗅いでるんですか。
男2　なんとなく。
女1　なんとなくって。
弟　ガスは？　コンロはつかないの？
　　皆、思い思いに手元にあったものを動かしてみて、コンロがつかないかどう
　か確認する。
男2　（制して）はいはいはい。私やりますから。
　　それで皆、やっていたことを止めたのだが、その時電話が鳴る。
皆　？（と一瞬電話を見て）

男1　どれだ？　どれだ。
皆　（ダッと動いて再び先程の動作を）
男2　（すぐに）関係ありません！　関係ありません！　ただ、電話がかかってきただけです。（弟に）っていうか出ないんですか？

弟、電話に出る。

弟　もしもし……ああ。
男1　チャズ？
弟　僕ですけど。
男1　違うか。
弟　知らないんですよ本当に。

弟を見る人、見ない人。

弟　（困惑した様子で）そんなこと言われても……僕も心配だったから心あたりは全部

あたったんです……。

男2は別の器具を出して再び検査し始め、女1はそれを見守る風。

女1　(男2に) ダクトなんですか？

男2　さあ、水道から歯が出たのは初めてだから。

弟　これ以上僕にどうしろっていうんですか……!? だってフラれたんですよ俺彼女に。

男1、女2、弟を見る。

男1はなにかそのやりとりに引っかかるものがあるようにも見え——。

弟　(チラと女2を気にして) すみませんけど今お客様が……なに怒ってるんですか、お気持ちはお察ししま…… (切られた)

弟、受話器を置く。

弟　(女2に)ごめんなさいなんでもないんです……。
女2　そう……。(気を遣ってか、それ以上聞こうとせず)
弟　いや、言っちゃった方がいいなやっぱり。ビビっていう女の子の、おかあさんです。なんか、家出しちゃったみたいで。
女2　家出。
弟　わからないんだけど……いなくなっちゃったみたいでもう何ヵ月も前に。
女2　大変ね。
弟　ええ。おかあさん爆撃でこっから下動かなくなっちゃったから、いろいろ、家のことやる人がいないと……俺しばらくご飯作りに行ったりしてたんだけど……なんか、疑うんですよ、俺がビビさんを、どこかに隠してるんじゃないかって。
女2　なんでそんなこと……。
弟　ビビさんがね、なんか、ここに来るって言って家を出たって言うんです……勘違いですよ、なにかの。だって……(言葉に詰まる)
女2　いいわよ無理して話してくれなくても。
弟　違うんです。あなたには、あなたと兄ちゃんには、なんでも話すんだ。そう決めたんだ。

女2　ありがとう。

弟　ええ、ビビさんっていうのは、俺があなたの前に好きだった女の子です。でもフラれた。一回もデートしないであっさりフラれちゃいました。

女2　見る目がない、その人。

弟　でも好きだったんです。すいません見る目がなくて。

女2　スタンが謝らなくても……それで、心配しておかあさんが電話を？

弟　ええもう何度も。知らないって言ってるのに、いろんな人の親が。

女2　え……。

弟　全員紹介しますか、俺をフった女の子。

女2　全員て、それは。

弟　なにかの嫌がらせかもしれない……

女2　そんなに何人も家出を？

弟　家出じゃないですよ……きっと。それぞれどこかで好きなことを……。（近くで神妙な表情をして聞き耳をたてていた男1に）なにさ。

男1　いや別に。仲いいなと思って。

弟　仲いいよ。見てきてってば井戸。……（と胸を押さえる）

女2・男1 （口々に）どうした（の）？
弟 なんか、気持ち悪い……。
男1 だから寝てろってのに。
弟 行かないなら俺行くよ。
男1 行くよ。行くから寝てろ。（とギターを）
弟 （女2に）二階行こ。
女2 え。
弟 二階なら誰もいないから。
女2 いいの寝てなくて。
弟 二階で寝る。（女1に抗議するように）いいだろ、まだあんたの部屋じゃないんだから……！
女1 （面喰らって）何も言ってないじゃないですか……。
弟 行こ。
女2 うん……。あの。
弟 ……はい？
女2 （女1に）いえ、そちら……。

女1　……はい？
女2　以前どこかでお会いしました？
女1　覚えてません？
女2　え……
女1　いいです覚えてなければ……行こ。
弟　（気にするが）うん……（男1に）なにギター弾いてんの！
男1　ハハハ。
弟　ハハハじゃないよ！　貸して！
男1　行く行く。（と玄関の方へ）

弟と女2、二階へ去った。
男1、踵を返すと後を追って階上へ——。
そこには男2と女1だけが残った。

男2　メモっておいてくれた？
女1　ええ。

男2　なんだっけ、ボボ？

女1　ビビ。

男2　ビビか。どうも名前覚えんの苦手で。一応録音もしてんだけど。

女1　え。

　男2、持っていた器具のスイッチを押すと、先程の電話の会話が聞こえてくる。

弟の声　もしもし。

女の声　（震える声で）ビビ・スティックの母です……

弟の声　ああ。

女の声　スタンリーさんは。

弟の声　僕ですけど……（語尾にノイズがまじる）

女の声　娘はどこなんですか……

弟の声　知らないんですよ本当に。

女の声　（突如激昂して）返してよ！　娘を返して！

弟の声　そんなこと言われても……（ノイズ）……も心配……（ノイズ）

器具から流れていた声はノイズにかき消され、ほどなく妙な音楽になる。

（やはりノイズまじり）

男2、器具を椅子かどこかにガンガン叩きつけた。

女1　壊れちゃいますよ。

音楽も途切れた。

男2　ポンコツ……。

女1　（小声で）え、あの男がなにか怪しいんですか？

男2　まだわからない。（と手袋をはめる）

男2は手際よくあちこちを詮索して回る。

女1 その服はどこで？ なんかヘンだと思ったんですよ、セントラル・サービスのユニフォームってもっとこうツルンとしてません？

男2 （作業しながら）本物だよこれ。

女1 あれ、だめだ先入観が……。こわいですね、先入（観て）す。

と女1が言いかけた時、男2はゴミ箱から、弟が捨てた薬の包み紙を拾い出す。

女1 なんですか？ ティッシュ？ 紙くず？ なに？ ティッシュ？ 男の人の部屋のゴミ箱にティッシュっていうとなんか、粉薬の包み紙？

男2 （答えず、ひろげ、においを嗅ぐ）

女1 なんでもにおいを嗅ぐんですね、割とにおいで記憶する方ですか？ 自分のにおいって自分では

男2 頼むからちょっと黙ってて。

女1 ごめんなさい……探偵さんだって聞いて、つい興奮してしまって……子供の頃探偵の助手、なにするんですか!?

男2が包み紙にライターで火をつけたのだ。包み紙が緑色の炎を放つ。

女1　え、どうして……火が緑……。

男2　残ってた薬が燃えてる色……。

女1　へえ……。なんか不思議。昼間煙突から出てた煙も緑っぽかった……。

男2　煙突？　どこの煙突。

女1　二階の窓から見えたんです、向かいの、火葬場の煙突。死んでも死んでも、人間てあとからあとから生まれてくるなあなんて思って……よく出来てるなあなんて……。あの人のお兄さんが働いてるそうなんです……気持ち悪さに拍車が……。

男2　君、いつからここに住むの。

女1　え、一応来週の月曜日って言ったんだけど。

男2　明日から住みなよ。

女1　え。

男2　問題ある？

女1　でも車が、

男2　今夜は僕が家まで送ってくよ。荷物の整理も手伝う。明日の朝、荷物と君をここまで送り届ける。
女1　ありがとう……。
男2　うん。
女1　え、じゃあ今夜は？（意味ありげに男2を見て）どこで寝るのだろうあたしは。
男2　今夜は君んちで寝るのだよ君は。
女1　一人で？
男2　え。
女1　一人で寝るのかなあたしは。
男2　一人じゃないよ、鳥がいるじゃない。
女1　鳥はいるけどきっと一羽は死んでいるのだ。すごく可愛がってたからさびしいのだ。
男2　御主人は？
女1　え……
男2　探偵はなんでも知ってるのだ。
女1　見たのＩＤカード。

男2　見てないのだ。
女1　嘘、見たのだ。見て、においも嗅いだのだ。
男2　のだっていうの気持ち悪いからやめよう。
女1　はい。
男2　（笑顔で）ごめん、見た。
女1　やっぱり。
男2　ハムキンっていうのは？
女1　ネハムキン。
男2　ネハムキンていうのは？
女1　旧姓。
男2　そうか……タンバリンって覚え易くていいじゃない。エミリア・タンバリン。
女1　ネハムキンに戻りたいんだけど、役所が承認してくれないの。
男2　離婚したいってこと？
女1　なんでも調べなくちゃ気が済まないんですね。
男2　（サラリと）いや、興味があるから……
女1　……。

男2 話したくないならいいよ。僕が調べてるのは君じゃないから。
女1 死んだの。
男2 ……。
女1 だから、忘れて、前の苗字に戻りたいんですけどね……。（と窓の方へ）
男2 亡くなったんなら死亡証明書を提出すれば
女1 だって死んでないっていうんだもん。発行してくれないの。
男2 なにそれ。亡くなったんでしょ。
女1 認めたくないんですよ、政府は。
男2 なにを？
女1 （空を指して）どっち？　本物は。
男2 え。
女1 月。
男2 あっちが本物。
女1 ああ、そうですね……こっちの方が薄っぺらくてボンヤリしてる……ダメェな感じだ……。
男2 入植してたの御主人。

女1　（うなずいて）あたしもあとから行くハズで。
男2　ああ……。
女1　どうしてあんなもの打ち上げたりしたんだろうか……人類は……。
男2　戦争前は金もあったしね……。今は救助船打ち上げたくてもほら、技術的な資源が……。
女1　むずかしいことはよくわかんないけど……自分達で打ち上げて、第二の月だとか言ってワーワー騒いで、気がついたら手も伸ばせないなんて、なんか。
男2　生きてるかもしれないじゃない。なんだっけ、言ってたよこの前街頭のニュースで。水栽培のレタスとか、あとなんだ、錠剤のタンパク質とかがまだ残ってる可能性が高いって。高いとは言ってなかったかもしれないけど、あるって、そういう可能性が。
女1　わからないじゃないですか。
男2　わからないけどね。
女1　わからないし、もう絶対会えないし。
男2　それはねぇ。
女1　だったら死んだと思った方が。

男2　うん……まあ、そうか……まあ死んでるだろうし。
女1　……。
男2　そうだね……。正解。そう言えば昔まだテレビが映った頃さ、ドキュメンタリーで、幼い頃生き別れた父親を探し出すことに一生を費やしたばあさんの話やってたよ……死ぬ直前のインタビューでさ、「あたしの一生なんだったんじゃろうか」みたいなこと言ってんだよばあさんが。で一週間位して死んじゃうんだけどさ……フフ……君、報告書作って僕に渡してくれる？
女1　はい？
男2　あの男の。

と、そこへドアを開けて兄が戻って来る。

男2　（全く動じず）あ、お帰りになった。
兄　……どちら様？
男2　セントラル・サービスです。
兄　（一瞬顔色が変わり）え。

男２　ガスの点検に。電話を頂いて。
兄　電話？　誰から。
男２　さあ。受けたのは私じゃないんで——
兄　……え、終わったんですか……？
男２　それがどうも思ったより複雑な故障らしくて……年内に改めて出直します。
兄　いいよこっちでやるから。
男２　いやいやそういうわけには……先月だったかもダクト内の配線がスパークして牧場一軒まるまる焼けてしまって……もしこれでなんかあったらウチ営業停止じゃ済まないんで。
兄　……。（女１に）スタンは。起きたんですか。
女１　ええ、スワンレイクさんでしたっけ、あの方と二階に。
兄　え……。

　と、そこへ、男１が降りて来る。

男１　お。何やってたの？（と階段で転びそうになる。）

兄　スタンは？
男1　ちょっと誰か〝大丈夫ですか？〟とか言えよぉ。
兄　スタンは。スワンレイクさんと？
男1　おう、二階で原始人の話してるよ。

男2と女1、顔を見合わせる。

男1　隠れてあれしてたんだけどいつまでたっても原始人だから降りてきた。
兄　仲直りしたんですか？
男1　うん、なんか帰ってきたら仲良くなってやんの。
兄　（嬉しく）そう……。
男1　ヘンな女。
男2　じゃあ私、今日はこれで。お支払いは次回で結構です。
男1　なに次回って、直ってねえの？　あれ飲みてえんだよ、あの、（兄に）なんだっけ？
兄　？

男1　お茶！　お茶飲みてえんだよ。
兄　ドーネンさんが呼んだの？
男1　呼んだ呼んだ。
男2　これ、すぐには。もっといろいろ準備して改めて。失礼します。

男2、去った。

男1　なんだよ……。
女1　じゃあそろそろあたしも。
男1　え、だって車。
女1　そろそろ動くんじゃないかと。
男1　そろそろってそんなもん自然に直んねえだろう。
女1　(兄に）あの。
兄　はい？
女1　明日からでもいいですか？　二階。
兄　明日か、いやでも掃除が——

女1 あたしも手伝いますから。
兄 ああ……こちらは別に……。
女1 じゃあ明日。

女1、走り去る。

男1 おいおい走ると転ぶよ。

男1、ハデに転倒した。

兄 （ニコニコしながら無視）
男1 だから〝平気？〟とかさぁ……。せめて〝転んだね〟位言えよ。
兄 転んだね。
男1 転んだよ。なんか足の座りが……。
兄 （ギターとMDプレーヤーを）なにこれ。
男1 拾ってきた。電話あったぞ。

兄　え。
男1　ビビだっけ、あの子のおふくろから。スタンが出て、困ってた。しょっちゅうなんだろ。
兄　なんだっていうの。
男1　まだ帰って来ねえんだってさ。スタンが疑われてるって……。まあそりゃ疑うわな、あんだけ仲良かったんだから。
兄　……。
男1　もちろんあいつがどうこうしたわけじゃねえんだろうけどさ。
兄　あたりまえでしょ。
男1　だけどやっぱり俺としてはほら、なんだ、あれの呵責にさ、なんだっけ、あれの呵責に耐えられねえんだよ、なんだっけあれ。
兄　良心。
男1　良心。なんで呵責なんて言葉が出てくんのに良心が出てこねぇんだろう。っていうかお茶が出てこねえってのは……。
兄　いいんですよドーネンさんはそんなこと気にしなくて。
男1　お茶が出てこねえの？　気にするよ。

兄　じゃなくて、スタンの……。
男1　ああ……（と納得するが）いや気にするよ。
兄　キリがないじゃないですか。そんなことにいちいち傷ついてたら。
男1　そうなんだけどさ。
兄　そうですよ。
男1　うん……。
兄　……。
男1　あいつ、生きてたら俺より年上なんだな。
兄　生きてますよ……。
男1　生きてるけど。

外で、先程と同じ、鳥だか獣だかの鳴き声がいくつも同時にする。

男1　なんだ。
兄　カラス。
男1　カラス？　カラスの声これ。

兄　井戸の中の子供と話してたら、カラスが井戸の上んとこにとまって。ブルブル震えてなんか苦しそうにしてるんですよ。羽がみんな抜け落ちて。可哀想だから水飲ましてやろうと思ってこうやって手もってったら、思いっきりつっつかれました。

男1　（兄の手を見て）わ、血。えぐれてんじゃねえかよ。

兄　（血を吸う）

男1　それ消毒しねえと

兄　しますす自分で。

再びカラスの声。

男1　カラスじゃねえだろ。

兄　カラスですよ。

男1　（感心して）カラスも頑張ればこんな声出んだな……。

兄　こんな風に（ジグザグ）飛んで、壁にぶつかったりカラス同士でぶつかったりして、異常ですよ。

男1　病気かな……。

兄 ええ……可哀想に。

兄、水道で傷を洗おうと蛇口をひねろうとして

兄 あ、そうか。（出ないんだった、の意）

男1がコンロをひねると水が出る。

兄 （男1を見て）……。（洗う）

男1 え……？ 誰と話してたって？

兄 え。

男1 誰と話してたらカラスがいたって？

兄 子供。井戸の中の。

男1 （苦笑して）またそういうこと……。

兄 いつも話すんですよ、行くと。

男1 おいおいおい。井戸はとてつもなく深いし中には水がいっぱいです。生きてるわ

けねえよ。

兄　生きてるんですよ。

男1　じゃあ生きてるよ……。

兄　クリスマスのお菓子をいっぱい放り投げてあげました。

男1　……喜んでた？

兄　ええ。でもチョコは虫歯が痛くなるから食べられないって……フフ……。

男1　虫歯はな……早く治せって、歯は一生使うんだからって言っといて。

兄　はい……まだ乳歯だろうけど……。

兄、手を洗い終え、蛇口をひねろうとハッとし、コンロをひねる。

男1　消毒薬あったかな……（と鞄へ）

兄　いいですよ。

男1　よくねえよ……あれ……この間安二郎が転んで足すりむいた時に出して……ねえや。包帯巻いとけ。（と包帯を）

兄　すいません。

男1 あれ……。
兄 ……。
男1 おやおや。
兄 ……。
男1 俺、昼間、おめえに飲ませちゃいけねえ薬なんか持ち歩くからいけねえんだって怒られて、危ねえからまだあるんだったら全部出してくれって言われて、んで、鞄からゴソッと出して……んで俺どうした？
兄 （手に包帯を巻きながら）さあ……。
男1 俺このへん置いたぞ。違うかポケットか？（と探るやいなや）入んねえ入んねえあんなに入んねえ。あれぇ……!?
兄 駄目だなドーネンさん……
男1 駄目だなぁ……危ねえよあんなもん……包み見た紙じゃ飲ませていい薬とまったく見分けつかねえんだから。
兄 包み紙変えればいいのに。
男1 それを言うなよ……闇商売の人間はいろいろあんだよ。（と、部屋の中をうろうろする）

二階から、ギターを弾いて歌を歌う弟の声と、女2の笑い声が聞こえてくる。

兄　歌ってる……。

男1　フフ……。

歌が聞こえる中、外でまた、カラス達が鳴く声が聞こえる。

溶暗。

3

ムーン・ステーション——第二の月。第一の月までの百分の一の距離、上空三千マイルの軌道にある宇宙衛星。最後の戦争の直前に打ち上げられたが、政府が崩壊してシャトル便が送れなくなった。地球はこの衛星を見捨てるしかなかった。そこに取り残された入植者は、ふんだんにあった備蓄や太陽電池の熱で育てた植物でしばらくの間食いつないだ。やがて、発電機の最後の電力で送ってきた映像がテレビに映し出され、世界中が戦慄しながら見守る中、宇宙の人々は次々と死んでいった。第二の月はきまりの悪さ、やましさの象徴として本物の月のように満ちたり欠けたりしながら今夜も空で幻のようにかすんでいる。

5日後である。

大晦日の夜。

クリスマス・パーティの飾りはすっかり片付けられている。

部屋の、ある場所には鳥かごがかけられていて、その中には赤いカナリアが一羽、いる。

クリスマス・ツリーがあった場所には大きなズダ袋が一つ。

他には、段ボールが積み上げられている。

外は風も止んでおり、雑草も揺れていない。

玄関に通じるドアの前には作業着にコートを羽織った男2が立ち、男1の電話が終わるのを待っている。

男1　(満面の笑顔で)うん……うん……うんそうか、よかったなぁ……うんじゃあそれ持って毎日風呂入るんだぞ。プレゼント？　ああ、用意してるよ……(拾ってきたCDプレーヤーを見て)CDプレーヤーなんかどうだ……そうか……そうだよな、ロボット？　わかったロボットな、電池で動くやつな、うんわかった帰りに拾って(言い直して)買ってってやるから。うん絶対だよ。うん、うん、フランツ？　フランツってあのデブチン？(表情曇って)ぶたれたのか。ハタキで？(思わず地で)

とんでもねぇ野郎だなあ！　怒ってない、怒ってないよ、それで？　安二郎ケガしなかったのか。うん……そうか泣かなかったか、偉い偉い……そうかやり返したか、そうだよ男はやられたらやり返すんだ。ボンナイフ？　……え、引きちぎったって、耳を？（笑顔がこわばる）いいよその位……先にやったのは向こうだろ……おまえなの？　いいよいいよ、いいんだよデブにはその位やったって……向こうだってハタキ使ったんだろ。だったらお前がボンナイフ使うのはあれだよ、正当防衛だよ……え、引きちぎったって、全部とれちゃったの？　そうだろ、全部じゃなきゃ大丈夫だよ。¾？　¾とれたの？　ああ¾くっついてんのか……じゃあ平気だ。いいんだいいんだ気にすんな、男はいいんだよ……デブ？　デブ泣いたのか……弱虫だなあ耳引きちぎられた位で……うん……そうか……うんありがとう……ありがとうな……じゃあお父さん、ちょっと今お客さんだから、あとでまた……あれ……（男2に）これなんだっけ？

男2　え？

男1　これ。

男2　電話？

男1　電話するから。うん、じゃあな、あとでな。（切ろうとして、何か音が聞こえた

男2　のか）もしもし。あれ……。（男2に）今なんか変な音聞こえなかった？（と受話器を指す）
男1　いえ……。
男2　……。（受話器を置く）
男1　息子さんですか？
男2　うん。（嬉しそうに）気をつけて帰って来てねだってよ。
男1　ハハハ。
男2　なにがおかしいの？
男1　いえ。微笑ましいなっていう……
男2　やさしいだろ。
男1　そうですね。
男2　やさしいんだよ。
男1　ええ。え、耳引きちぎったんですかボンナイフで？
男2　（表情こわばって）耳ったって、デブの耳だもん。4/3はくっついてるんだよ。
男1　3/4ですよね。
男2　3/4か。

男2 4/3じゃ過分数ですから。
男1 カブンスー？
男2 過分数。
男1 カブンスーとか俺に言ってもビクともしねえよ。（つまずいて転び、すぐ立って
なにかごまかす）
男2 大丈夫ですか。
男1 なにが？
男2 いや、今見てましたから転んだの。
男1 別にごまかしてねえよ。
男2 そうですね。
男1 待つなら二階で待っててくんない？
二階から段ボールを持って兄が降りてくる。
兄 なに。
男2 どうも。

兄　こっちでやるから来ないでいいって言いましたよね。
男2　いいえ、今日はプライベートで。
兄　（以下、重そうに箱を持ったまま）プライベートって
男1　エミリアちゃんとデートだってさ。
男2　デートなんてそんな
男1　二人で年越しだろ。デートじゃない。
男2　いやいや……
兄　その格好で？
男2　いえ今まで仕事で。
兄　いませんよ今……買い出しに行ってくれてて……
男1　そう言ったんだけどさ、待つって言うんだよ。
男2　お邪魔でしたか？　あ何かお取り込み中？
男1　別に。
兄　映画館だったところの、裏の広場、わかります？
男2　映画館。
兄　ええ、郵便局だったところの、向かいの、体育館だったところの、重い。

男1　置きゃいいじゃねえか。

兄　……（置く）知りません広場、銅像がいっぱい立ってる——

男2　ああはい銅像、なんか抽象的なウネウネーッとした

男1　いや、あれ元々は普通の人間の銅像だったんだよ。爆撃の熱で。

男2　ああ。

兄　あの広場で闇市やってるんですよ。

男2　ああ、ええ。

兄　そこにいますよ。

男2　ああ。

兄　行った方があれなんじゃないかな。

男2　ええ。

兄　すぐ会えると思うし。

男2　ええ。

兄　聞いてる？

男2　聞いてます聞いてます。これ、全部二階から？（段ボールと袋のこと）

兄　どうして？

男2　いえ、別に。
兄　いろいろです。ネハムキンさんの荷物と、二階にあった荷物と。
男2　ああ。
男1　行ってやったら？
男2　じゃあ。取りあえず。
男1　うん。

男2、出て行く。

男1　びっくりしたよ……作業中はあれかけといてくれよあの、あれ。
兄　鍵？
男1　鍵。
兄　（鍵をかけに玄関へ）
男1　見つかって管理局にでも通報されたら……

男1、つまずきながら袋に向かい、袋を剝ぐと、そこには頭に電極をつないだ弟が――。

兄、戻って来る。

男1　安二郎にロボット買ってきてくれって言われてさ……ドキっとしちゃったよ。

兄　ああ。

男1　ドキっとしちゃう自分にまたドキっとしてさ……なかったっけ昔、ロボットがロボット作る映画。

兄　（それに答えず）え、いつ話したんですか。

男1　なにが。

兄　安二郎くんと。

男1　今、電話で。

兄　スタンをあれしてる時は集中してくださいってば！

男1　違うよ、かかってきたんだよ……ごめん……。

兄　明日会えるじゃないですか。

男1　うん。帰れるかな俺。

兄　え。

男1　（足を指して）これも……これ（なんだっけ？　の意）

兄　足。

男1　足もめっきりあれだしよ、物忘れも……（力なく）帰り道覚えてっかな……（半泣きのような顔で）さっき物置でうんこしちゃったよ。

兄　え！

男1　便所かと思って……悪いね。そのドアまでは合ってたんだけどな……。

兄、男1へのあわれみと不安が同時にこみ上げてきて――。

兄　そのことはもういいから早く終わらせてよ……。

男1　うん……悪いね……。

男1、弟の頭から出ている何本ものコードをつないだ旧式タイプライターのようなうさん臭い機器をいじりながらノートを見て。

男1　えーと、どこまでやったっけ……ああそうだ。えー、先月の26日、照る照る坊主を飾ったとたんに台風がきたこと、これ消去ね。

兄 消去。

男1 （機器のキーを二、三押して）その夜ショックで鼻血が出た。

兄 消去。

男1 （機器のキーを二、三押す）鼻血をおまえさんが止めてやった。

兄 消去。

男1 え、これは消されねえ方がいいんじゃねえか。

兄 なんで。

男1 だって、いい思い出になるよ。兄ちゃんが介抱してくれて——。

兄 だってへんでしょう、鼻血出てないんですから。出た記憶がないのに止めてもらった記憶があったら。

男1 ああそうか……。

兄 急がないと帰って来ちゃうから。

男1 まだ平気だろ。（とはいえ急いで）で、（ノートと照らし合わせて）消去。消去。消去。

兄 あ、その日、俺と朝まで話してたことに。

男1　どの日？
兄　この……三日か、俺一日いなかった日。
男1　三日ね、話。なんの話？
兄　じゃあ……宇宙の。
男1　(打ち込んで) 宇宙。あこれじゃ夢中だ。(打ち直すのがめんどくさいのか) 夢中で話してたんじゃダメ？
兄　じゃ夢中で宇宙の話を。
男1　ん。(打ち込んで)
兄　(覗き込んで) 喪中じゃないですよ。
男1　あ。(打ち直す)
兄　夢中で喪中の話って……。
男1　縁起でもねえな。
兄　あと三十五億年で宇宙が半分の大きさになるっていう話をスタンがしたら——。
男1　そんな細かい事までは勘弁してくれねえかなあ。アバウトに入れとくから適当にそこらへんは話の流れで。
兄　ああ、はい。

男１　（打ちながら、言い出しかねてたことのように）なあ……
兄　はい？
男１　失恋関係は？（手を止めて）本当にこのままでいいの？（読んで）ビビ・スティック、サラ・シンクレア、マリアン・クラムスキー、全員にフラれたことにしといていいのね。
兄　……いいですよもちろん。
男１　いいのかよ。
兄　いいですよ。なんですか今さら。
男１　そうだけど……おまえ毎度毎度あんなに喜んでたじゃねえかよ。俺よくわかんねえよおまえの気持ち……。
兄　……よくわかんないですよ俺だって。
男１　？　だって、え？　おまえさんの気持ちだぞ。
　とその時、弟が口を開くので、兄と男１、ものすごく驚いた。
弟　スワンレイクさんは？

兄・男1　！
弟　ねえ、スワンレイクさん。
男1　何起きてんだよ！
弟　二階？
兄　今、ネハムキンさんと買い出しに行ってくれてる。
弟　買い出し。
兄　食材の。
弟　ああ。もう来年？
兄　まだ今年だよ。まだ8時半。
弟　そう。
兄　うん。（男1に）なんで起きるんですか……！
男1　わかんねえよ。（と機械を叩いたりして）
弟　だめ？
兄　だめじゃないよ。（男1に）どうすればいいの！
男1　わかんねえよこんなこと初めてだもん。
弟　ドーネンさん。

男1　はい。
弟　悪いんだけど、ちょっとはずしてもらっていい？
男1　……え。
弟　兄ちゃんに話したいことがあるんだよ、二人だけで。
男1　(困惑して) いや、それは…… (と、兄を見る)
兄　はずしてください。
男1　いやでも……
弟　すぐ済むから。
兄　すぐ済むんです。
男1　(兄に目で何かを訴えつつ) すぐぅ？
弟　早く。
男1　じゃあ、すぐな……。便所にいるから。

男1、足に相当ガタがきているのか、妙な歩き方でつまずきながら去って行く。

兄　（その背に）間違えないように。
男1　頑張る。（去った）
兄　なんだ話って。
弟　（ようやく自分につながれた電極に気付いて）なにこれ……。
兄　（もっともらしく）健康にいいんだよ、ここからマイナスイオンが。
弟　ああ。
兄　うん。なんだ話って。
弟　俺さ……。
兄　なんだ。
弟　……。
兄　なんだよ早く言えよ。
弟　俺、スワンレイクさんと結婚したいのかな。
兄　（笑顔で）……かなってなんだよ。
弟　したいのかも知れない。
兄　（笑顔のまま）うん……そりゃそうさ。普通のことだよ。三十五の男の子と三十二の女の子がお付き合いしてれば。え、なに、プロポーズしたいっていう話？

弟 された。
兄 ……されたの？
弟 された。ゆうべ。俺さえよかったら結婚してくれないかって。
兄 よかったじゃないか……！
弟 うん。
兄 やったな……やったやった！ おめでとう！ 信じられないなホント……！ やったじゃないかちくしょう！
弟 ……。
兄 喜べよバカ！（と弟にジャレつこうとして電極に触れてしまい、あわててひっこめ）あ。俺の方が喜んでどうすんだよ……（笑う）。
弟 俺、結婚まだ早いよ。
兄 またおまえは……三十五だぞ、決して早かないよ。
弟 俺……
兄 俺なに。
弟 このまま兄ちゃんといたいんだ……
兄 ……。

弟　どこへも行きたくないんだ。こうして兄ちゃんと暮らしてるだけでいいんだ。それだけで俺嬉しいんだよ。兄ちゃんとこうしていることが、俺には一番幸せなんだよ……。

兄　……だけど、そりゃ違うよ。そんなもんじゃないさ。お互いに愛情をもつんだ。お互いに信頼するんだ。おまえが兄ちゃんにもってくれたようなあたたかい心を、今度はスワンレイクさんにもつんだよ。

弟　できないよそんなこと。

兄　できるよ！　なんでできないことがある。

弟　兄ちゃんは男だけど、スワンレイクさんは女だぞ！

兄　……だからこそできることだってあるんだ。

弟　男と女だぞ。

兄　男と女だって、いいぞ。

弟　知ってるか兄ちゃん、カマキリのメスは……カマキリのオスをムシャムシャ食っちゃうけど！

兄　バカだな……奥さんになろうって人をカマキリのメスにたとえる奴があるか。好きなんだろスワンレイクさんのことが。

弟　好きだけど、俺、兄ちゃんのそばにいたいんだよ……！

兄　そりゃ、結婚したあと何があるかなんてわからないさ、父さんと母さんみたいに愛情がいつしか憎しみに変わる例だって、なくはない。だけどおまえとスワンレイクさんなら大丈夫だよ、きっと幸せになれる。きっとなれるよ。

弟　……。

兄　きっとなれる……。

弟　うん……。

兄　わかってくれたか。

弟　わがまま言ってごめん……。

兄　そうか……わかってくれたか……。

弟　ごめんなさい。

兄　いいんだよ……きっとスワンレイクさんといい夫婦になるよ。兄ちゃん、愉しみにしてるからな。

弟　（うなずく）

兄　そのうち、今晩ここでこんな話をしたことがきっと笑い話になるさ……。

弟　ありがとう兄ちゃん。

兄　なるんだぞ幸せに。

弟　なる……！

兄　なれ。

弟　なる……！

兄　なれるよおまえなら。

弟　うん。だけど俺、結婚しても兄ちゃんが一番好きだ。

兄　だめだよそんなこと言ってちゃ。

弟　しょうがないよそれは。

兄　……。

弟　また宇宙の話をしようね、一晩中。

兄　……ああ。

弟　俺たちの小ささの話。いつかはなくなってしまう宇宙の話。

兄　まだまだ先の話さ……俺たちの、孫の、孫の、孫の、そのまた孫の……

弟、眠っていた。

兄　……スタン……。

弟 （眠っている）

間。

兄 おまえがそんなこと言うからだぞ……おまえがそんなこと言ってくれちゃうから……だから俺は……

兄、静かに泣いている。
しばし、泣いているだけの時間が流れる。
兄、不意に立ち上がって、トイレへのドアを開け、去る。
やがて、兄につかまるようにして男1が戻って来る。

男1 今はまずいんじゃねえの。
兄 いいから。眠ったから。
男1 じゃあ来月来た時に。
兄 今。早く。

男1　だって、帰ってくるよ。おかしなことになるよ。
兄　なったっていいんだよ、早くしろよ。金払いませんよ。
男1　そりゃ困るよ。
兄　じゃあ早く。
男1　（機器に向かい）消すぞ。
兄　早く。
男1　スワンレイク、こいつの頭の中からまったくいなくなるぞ。
兄　早くしてください。
男1　（キーを打つ）
兄　……。
男1　（打ち終わり）消しちゃったぞ。知らねえぞ。こんなとこか一応。
兄　ええ。

と、機体からビビビッビビビッという妙な音が。

男1　なんだ!?（機器を操作し）あれ。あれ。あこんなとこ押しちゃ駄目だ。（混乱して）あれ。（兄に）なにやってんだ俺!?

兄 知りませんよ！（弟は）大丈夫なんですか!?

男1 スタンは大丈夫だろうけど……（と、スタンの体から電極をはずしつつ機器を気にする）

兄 ほんとに？

男1 だと思うよ。大丈夫だよ。（弟の頬を叩いて）おい。おい起きろ。

兄 ちょっと。

男1 （兄に）終わったから。

弟 （目を覚まして）もう来年？

兄 まだ今年だよ。どうだ気分は。

弟 いいよ。

兄 そうか。

男1 （機器をたたいたりして）……。

弟 （男1に）なにやってんの。

男1 これ壊れちまったら安二郎のプログラミングが――。

兄 （弟に）なんでもない。（男1を目で制して）

男1　ああ。（弟に）なんでもない。（とまた機器を）

　　と、その時、外から笑い声がする。

男1　あれ⁉　帰って来た⁉　早えよ。（と慌てて機器を抱えた）

弟　誰？

男1　……（兄を見る）

弟　ネハムキンさん？

兄　ネハムキンさん。

弟　一人じゃないよ。（大声で）おかえり！

女1・2の声　ただいまぁ。

　　男1は機器を持ってトイレへのドアへ去る。

女1の声　あれ。

女2の声　鍵閉まってる。

女1・2、口々に〝開けてー〟〝開けてください〟とか言う。

弟　（玄関に向かいながら）ちょっと待って。

兄　（弟を制して）裸でどこ行くんだ。

弟　あ、そうか。

兄　ネハムキンさんに裸見られちゃうぞ、なんか着て来い。

弟　うん。（とトイレの方のドアへ去った）

兄　今開けます。（と玄関へ）

すぐに、買い物の入った袋を抱えて、兄に続いて女1・2、そして男2がにこやかに入って来た。

兄　随分早かったですね。

女2　もうパッパッパッパとね。

女1　パッパッパと。

男2　おじゃまします。すぐそこで会って。
兄　ああ。
女1　いいですか、座って頂いて。
兄　もちろん。
男2　すいません。
女2　スタンは？
女1　（鳥に）チーコただいまぁ。
兄　あ、今着替えてます。
女2　ああ……スタン、なにか言ってませんでした？
兄　え。
女2　聞いてません、何か。
兄　いいえ。
女2　そうですか。
兄　ええ、なにか……？
女2　いえ、だったらいいんです。
兄　ああ。

女2　ちょっとひと休みと。（座る）
女1　そうだ、これお釣り。
兄　ああ、ご苦労様。
男2　（女2に）闇市って、外人が売ってるんですか？
女2　ん？　いろいろ。
女1　スワンレイクさん値切るのうまいの。
男2　へえ。
女2　言葉通じないフリしてるとめんどくさくなって安くしてくれるのにょ。
女1　今くれるのにょって言いました？
男2　言いましたね、（マネして）くれるのにょ。
女2　（笑顔で）うるさいなあ。
女1　だってくれるのにょって。
女2　ハイハイ言いました。半分位の値段にしてくれるのにょ。
女1　おまけもつけてくれるのにょ。
女2　スタンは絶対そういうとこあげ足とらない。（兄に）ですよね。
兄　ああ。ええ。

女2 ただちょっと口がまわらなかったぐらいの事をいちいちいちいち。
女1 だって、ねえ。
男2 （笑って）一週間足らずの間になんか、随分仲が。
女1・女2 え。
男2 仲良くなってて……ちょっとびっくりした……。
女2 こっちの方がびっくりしたわよ。（男2と女1を指して）何やってんの。
女1 （嬉しく）何やってんのって、ねえ。
男2 何もやってませんよ。
女2 つきあってんの？
男2 つきあってません。
女2 つきあうの？
男2 つきあいません。
女2 張り合いないなあせっかく冷やかしてあげてるのに。
男2 つきあいませんから。
女2 ちょっとハッキリ言い過ぎ。ショック受けてるじゃない。
女1 （受けてるが）受けてないよ。

男2　ただの友達です。
女2　(男2の台詞を食って)わかったから。
男2　(よくわからないのだが)ああ。海を眺めながらネアンデルタール人の話をしたりは。
女2　え。
男2　ええ、しませんから、そういう、ロマンのある話は。
女2　なにスタンが言ったの？
女1　他に誰が言うんですか。
男2　いいですよね、そういう二人がそういう、なんであれ共通の、そういう……ね。
女1　何を言いたいんですか。
男2　あまりこれと言って言いたいことはないんだけど。
女2　(嬉しそうに)え、なんだって言ってたのスタン。
男2　いえ、なんかいろいろ。ネアンデルタール人にアフリカに渡る知恵があれば、絶滅しなかったんじゃないかとか、そういう……
女2　ああ。あとは？
男2　(やや困惑しながら考えて)あとは……

女1　自分で聞けばいいじゃないですか。
女2　人から聞くからいいんでしょ。
女1　え？（わからない）
男2　しかし詳しいんですね。
女1　（男2に）社会科の先生なんですって。
男2　ああ。
女1　中学校ですよね。
女2　（うなずく）
男2　ああ、どうりで詳しいわけだ。へえ、先生ですか。
女2　元ね。学校焼けて失業。
男2　ああ。中学生っていうと一番厄介な年頃でしょう。思春期ですもんね。
女2　（ハタと思い出して）そうそう、そう言えば、ネアンデルタール人のね、
女1　またネアンデルタール人。
女2　違うの違うの。ネアンデルタール人のレポートを書いてきなさいって宿題を出したことがあったのね、そしたらなにを勘違いしたのか詩を書いてきた生徒がいて、
男2　へえ、どんな。

女2 タイトルはなんだっけ……「終焉」とか「終末」とかそういう。

男2 漢字二文字の。やだな。え、中身は？

女2 （思い出しながら）ウーウーとうめいて、発情して、飢えて、獣を殺したネアンデルタール人がやがて忘れ去られ、固まった泥の中に溶けて消えたように、いつか私達も忘れ去られ、消えてなくなる。とかそんなような。

男2 ああ。思春期だ。

女2 あたしそれ読んで泣いちゃって……。

男2・女1 ……。

男2 やっぱりあれですか。いざ学校がなくなってみると。校内暴力とかそういう鬱陶しかったものでも懐かしく思えちゃったりするもんですか？

女2 これはなに、インタビュー？

男2 いえ、そういうわけでは。

女2 たいして興味のないことは無理して聞かなくてもいいのよ。

男2 なに言ってるんですか、ありますよ興味、校内暴力。セントラル・サービスですから。

女1 ……。

女2　あたしあんまり人のこと言えないから。
男2　なにがですか？　校内暴力？
女1　子供の頃同級生の男の子の目にエンピツ突き刺したんですよね。
男2　え……。
女2　わかってたの？
男2　今日は多いなそういう話。
女1　はい？
男2　んん。
女1　男の子は右目を失明して、やがて大人になって、であたしと出会って、でなんだっけ、あ恋に落ちたんだ。で結婚して……。
男2　え、じゃあ。
女2　わかってたの会った時から。
女1　思い出したんですよ一生懸命。何度聞いてもわからないならいいとかしか言ってくれないから。
女2　だってわからない方がいいじゃないそんなこと。あたしはすぐわかったけど。
女1　一度紹介されてますよねあの人に昔の同級生だって。ごめんなさい忘れてました女2 ……。
女2 いいのよ。一度や二度で覚えてもらったことないから。
女1 そんな……なんでしたっけあそこ。
女2 科学技術センター。
女1 （女2の台詞を食って）科学技術センター。そうそう、あの時も恐竜の骨とか化石とかそういうものがいろいろ……あたしもう疲れちゃってて……そういえばなんとなぁくぎこちなぁいムードが漂っていたかなぁっていう……
女2 漂うもんなのよぎこちなぁいムードが、奥さんとデート中に昔自分の目を刺した女とバッタリ会った時には。
女1 フフフ……。
女2 え？
女1 あたし、最初ここであんな態度とられたから、自分がなんかしたのかなあと思って。
女2 ああ。あたしよなんかしたのは。
女1 ええ……。
女2 うん……。すいません……。

女1　いえ……。

女2　……。

女1　……。

男2　ハハハ……どうコメントしてよいのか。（考えながら）なんか……月日ってもんは……だめだ後が続かない。

女2　怒ってない？　あの人。

女1　怒ってませんよそんな昔のこと。え、それを聞きたくて仲良くしてきたんですか？

女2　違うよ。いじわる……。

女1　どっちがですか。怒ってませんよ。

女2　うん。

女1　だって、あの人の方が悪いんでしょ。

女2　さあ……どうだったかな……今となっては。

女1　あのね。

女2　え。

女1　月に行っちゃいました。

女2 誰が？
女1 ジョゼフ・タンバリン。
女2 月って
女1 もちろんニセモノの方。
女2 ……。
女1 ……。
女2 離婚はしたけど仲はいいって言ってたじゃない……。
女1 うんあれ嘘。
女2 ……。
女1 嘘です。
女2 ……じゃあ……。
女1 ええ。
女2 ……そう……。
女1 はい。
女2 全然知らなかった……。
女1 そりゃそうですよ……。

男2　いよいよなんてコメントしてよいのか……。
女2　いいですコメントしなくて。
男2　そりゃそうか。（ベッドにいた兄に）眠いんですか。
兄　いいえ。
女2　いいやいいや、ともかく今年が終わる。

外で、いくつもの花火が打ち上がる音。
皆、そちらを見る。

男2　なんだ？
女1　（兄に）なんですか？
兄　花火ですよ。毎年大晦日はこの時間になると。
男2　花火。

女1、男2、窓の方へ。
計らずも、女2が取り残されたようなかっこうになる。

男2　おお、キレイだ。
兄　二階、片付けきれなかったな……年内に。
女1　ああ、いいですよ。まあゆっくり。
兄　ええ。

服を着て、手に枯れたひまわりの束を持った弟と、男1がドアを開けて戻って来る。

弟　花火!?
女2　うん花火。
弟　(一瞬女2をキョトンとした表情で見るが) こんばんは。(会釈をして兄の方へ向かう)
女2　……。(その背に) ひまわり。
弟　(女2を見る)
女2　なんで持って来たの？

弟 （兄に、迷惑そうに）これ、虫わいてるよ。
兄 ああ。

弟、ひまわりの花束を、汚そうにゴミ箱に捨てる。

女2 ……。
男1 （その状況から逃避したいかのように）ちょっと電話借りるよ。
兄 （うなずく）

男1、受話器を取って相手が出るのを待つ。

弟 （花火に対して）おお！（とかなんとか、で、女1に）見た今の。
女1 ……ええ。
弟 これ、そっから見た方が全然いいよ。（と窓の外の丘を指し、行こうとする。）
女2 スタン。
弟 （どうして呼び捨てで、という風に見て）……はい。

女2　（なんと言ってよいのかわからず）……。
弟　なんですか。
女2　……なんかした？　あたし。
弟　え。
女2　怒ってるの……？
弟　？（眉間に皺を寄せて周囲の者を見る）
女2　怒らせたあたし……。
弟　（女1に）お友達？
女1　……。
女2　怒らせたなら言って……。
弟　何言ってるんですか……。
女2　……。

弟、玄関から外に出て行こうとする。

兄　おい。

弟　え。

兄　風邪ひくぞ。

弟　平気平気。

男1　あれ……（電話に誰も出ないらしい）

女1　（兄に）風邪ひくぞって……もっと他に何か言うことがあるんじゃないですか。

兄　（笑顔で女2に）ごめんなさい……度々あることなんですよ、あいつ……。

女1　（話を合わせて）ですよね。（女2に）言いませんでしたっけ。あたしもここに来た日、ヘンなこと言われたんですよスタンリーさんに。指さされて、誰？　って。最初は冗談かと思ったんだけど

兄　本当に忘れてるんです。思い出しますよ、そんなに深刻な病気じゃないんです、というか、深刻に考えてしまうといくらでもその、事態は深刻になってしまうから。

弟が玄関から戻って来る。

弟　（女2以外の全員に、なぜ来ないという風に）おいでよ、すごいぞ！

その時、男1は再びかけ直した電話で相手が出るのを待っていたが——

男1　（動揺して）なんだよこれ……ヘンだぞこのこれ……。（男2に）なんだっけこれ！

男2　電話。

男1　ちょっとみてくれよ。

男2　はい？

男1　壊れてるよ、直してくれよ。

男2　電話は……（専門外なんで）

男1　ヘンなんだよこの電話、出ねえハズねえんだから。言ってたろ俺さっき、すぐかけるって、安二郎に。

男2　ええ。

男1　待ってるハズなんだよ。出ねえハズねえんだ。

弟　ドーネンさんおいでってば、いいよそんなの。

男1　よくねえよ！

弟　……。（笑って）なんだよ……。（女1に）ねえ。

女1 ……。

弟 すごいキレイだよ！　兄ちゃんも！

兄 うん、今行く。

男2 （弟に、というより女1に）僕もすぐ。

弟、女1の手を引くようにして玄関を出て行く。

男1 ヘンだろ！　これ！　どうすりゃ出んだよ！

男2 （受話器を耳にあて）これ……

男1 え。

男2 この呼び出し音……。

男1 呼び出し音がなんだよ！　ハッキリ言えよ！

男2 以前ある知り合いの家が、その、爆撃を受けた時、そのあとその家にかけたら、こんな音がしてたような気が……つまり回線があれして――

男1 ばくげ……何言ってんの？

男2 いえ、定かではないんですけど

男1　定かだよ！　爆撃って、戦争は終わったんだぞ！
男2　そうですね。
男1　いつの話してんだよ……ぶん殴るぞ。
男2　それは痛いから。
男1　（受話器を奪い取り）安二郎！　もしもし！　安二郎！

男1、受話器を置くと、おぼつかない足取りで（もはや這うように？）それでも必死に二階へ。

男2　（苦笑して）大丈夫かな……（兄に）だいぶ古いですかこの電話。
兄　そうですね、だいぶ。
男2　順ぐりにどんどんガタがくるっていうのに、技術者が足りなくて……なんとかならないもんかな……壊れてくだけで生まれないっていうのは……。
兄　……。
男2　直ってませんよね、まだ。（とコンロを見、兄の答えを待たずに）不便でしょう。
兄　なんなんですかあなたは……。

男2　すいません余計なお世話ですね……。

兄　わかってるなら言わなくてもいいでしょう。

男2　まったくです……気が付くと喋ってて、たまに、なんで今俺こんなこと喋ってるんだろうなんて……ハハ……子供の頃からなんですよ……初対面の時は無口なクセに、慣れてくるとほとんど意味のないことを喋ってて、今もそうかもしれない。

兄　慣れてくると？　まだ二回目ですよ会うの。

男2　ええ、もちろん、それは……ちょっと、じゃあ。（外行ってきます、の意）

男2、女2を見るが、掛けるべき言葉が見つからず、そのまま玄関のドアを開けて出て行く。

そこには兄と、女2だけが残された。

花火がパンパンと上がり、その都度部屋を白夜のように明るくする。

兄　思い出せないかもしれません、あいつ。

女2　（見る）

兄　あなたのこと。なんとなくわかるんです。長年一緒に暮らしていると。あいつがあんな風になった時、すぐ思い出せることと、そうじゃない事があって……。頭の中から消えてしまったまま、どうしても再生できないことっていうのが、これまでもいくつか……。

女2 どうしてそんなこと言うんですか？

兄 すいません……、なんだかそんな気がしたもんだから……。

女2 そう……。

兄 すいません……。

女2 アルバムを見せてもらいました。

兄 え……。

女2 スタンに。家族の、スタンが全然写ってないアルバム。

兄 あれは……。

女2 (微笑んで) スタンね、自分は本当はいなかったんじゃないかって言って笑ってた……。

兄 (苦笑して) あいつは……何をわけのわからないことを……。

女2 そしたら今度はスタンの中からあたしが消えちゃった……。

兄 ……。

女2　でも大丈夫。だって、アルバムの中にスタンはいないのに、お兄さんとはこんなに仲がいいじゃない。でしょ？

兄　……。

女2　全部解説してくれたのよ……一枚一枚。この時兄ちゃんは風邪をひいてたとか、この日は写真を撮ったあと家族四人で古い、ボロボロの食堂に入ってハンバーグを食べて、兄ちゃんがおいしいおいしいってすごく喜んでたとか……あたし、そういう話をしてる時のスタンが本当に好き……大好き……。

　　花火の音。

兄　そうですか……。

女2　なにかしてるの……？

兄　え。

女2　スタンに……。

兄　なにかって……

女2　あたし、ビビさんて人の家に行ったんです、スタンには内緒で。お母さんと会って誤解を解こうと思って。

兄 ……。

女2 いい人だったんですよビビさんのお母さん。たくさんスタンが写ってる写真を見せてくれて。自分ちにないのに人んちにはあるんですよ、写真。スタンとビビさんが一緒に写ってる写真。仲良さそうにして。笑ってた。あんまり嬉しそうだからあたしも笑いそうになっちゃって……でもまさか笑うわけにはいかないでしょお母さんの前で、だから必死にこらえたの……。スタン、ビビさんに指輪もあげたんですよね。

兄 聞いてないな……。

女2 あげたんですよ指輪。写真にも写ってた、指の間でキラキラ光ってた。

兄 なにが言いたいんですか。

女2 したんでしょスタンになにか。

兄 なにかってなんですか。

女2 なにかよ。わからないそれは。誤解しないでね、チャズさんを責めてるわけじゃない。スタンはチャズさんが好きだもの。大好きだもの。

兄 あいつが何か言ったの……。

女2　わかってるのよスタンは。チャズさんが思ってるよりずっと、ずっとわかってるのよチャズさんのことを、大好きだから……!

兄　そんなことはわかってるよ……。

女2　わかってない。

兄　わかってる。

女2　じゃあどうしてスタンに嘘つくの。

兄　ついてないよ嘘なんか。

女2　ついてるじゃない。

兄　なにが!

女2　……。

兄　……。

女2　スタンが言ってた……兄ちゃんはたまにあったことを、なかったことにしようとしたり、なかったことをあったことのように言うって……たまにふと思い出すんだって、だから、忘れてたことを。そんな時、必ず話が食い違うって。だけど兄ちゃんはきっといやな思い出を忘れさせてくれようとしてるんだって……ケンカになったわあたしと……だってあたしはそれはおかしいことだと思ったから。スタンはスタンだもん。チャズさんじゃないもん！

兄、不意に女2に近づく。

女2 （身構えて）なに……。

大きな花火が連続してあがる。

兄、逃げようとする女2を捕まえ、女2が悲鳴をあげる間もなくその首を絞める。女2、ソファーに倒れてもがく。が、声が出ない。

兄、女2に馬乗りになってなおも首を絞め続ける。

女2、ソファーテーブルの上にあった買い物袋から木彫りの人形（？）のようなものを出して兄の頭を殴る。

兄、殴られながらも首を絞める。

花火は次々と上がっている。

弟が入って来る。

弟　なにやってんの今見ないと……

兄、女2から離れる。女2むせている。

弟　どうしたの……!?（兄に）大丈夫？

兄　うん……。

弟　なに……!?（女2を怪訝そうに見る）

女2　（ぐったりして）なんでもないの……なんでもないんです。

弟　なんでもないって……大丈夫兄ちゃん。

兄　大丈夫だ。

弟　花火すごいよ……。

兄　ああ。

弟　月に向かってロケットが突き刺さるみたいだ。

兄　月に。

弟　で、バーンとはじけるんだ。ネハムキンさんなんか感動して泣いてるよ。

兄　……そうか。

弟 行こうよ……。

兄 うん。

兄、行くが、なぜか弟が行こうとしない。

兄 どうした。

突然、弟の体からモクモクと湯気が立ち昇る。

兄 おまえ……！

女2 湯気!?

弟 兄ちゃん。

兄 スタン！ しっかりしろ！

女2 スタン！

兄 スタン！ ドーネンさん！

兄が二階へ行こうとした時、転がり落ちるようにして男1が階上から現れる。

兄 ドーネンさん！　スタンが！
男1 ロボットあったろ二階に。
兄 え⁉
男1 ロボットだよオモチャの！　昔見せてくれたじゃねえか。
兄 そんなことよりスタンが！
弟 もらったよロボット。子供の頃。クリスマス・プレゼント。
男1 どこだよ！
兄 見えますか、湯気出してるんですよ！
男1 どこだよロボット！
女2 スタン！
兄 なんとかしろ！
男1 うるせえ！
兄 ……。
弟 ロボット、もらったよ。

男1　それはわかったんだよ、俺はどこにあるかって聞いてんだ！（とゆする）
女2　やめてよ！
男1　……（電話に向かう）
女2　横になって。

兄と女2、弟をベッドの下段に横にさせる。

弟　（おとなしく従って）ロボット……最後のクリスマス・プレゼントだ……。
兄　なに言ってんだ、今医者呼ぶから。（男1に）ちょっと電話。
男1　俺の電話だ！
兄　うちのだよ！　ちょっと！　医者呼ぶんだから、
男1　（胸ぐらをつかんで）無駄だよ！

男2と女1が戻ってきた。

女1　ちょっとなにやってるんですか。

兄　（つかまれたまま）無駄ってなに……。
男2　（割って入り）落ち着きましょう、ね、落ち着きましょう、大晦日です。

男1は再び電話に向かう。

弟　ケンカしてるの？
兄　ケンカじゃないよ……。
男2　（兄の台詞にかぶって）ケンカじゃないですよ。
女1　（女2に）どうしたんですか。
女2　湯気が。
女1　湯気？
弟　ロボットならあるよ。（兄に）あるだろ。
兄　うん、ある。
女2　スタン、喋らない方が。
弟　（女2に）ねえ、あんた誰？
皆　……。

女2 スワンレイク。ホワイト・スワンレイク。チャズさんのお友達。
弟 ふぅん。ロボットもってるよ。
女2 わかったから。しゃべらない方が、
弟 しゃべるよ俺は。ロボットはね、目が光るんだ。
女2 ……そう。
弟 すごいだろ。
女2 ……すごいね。
弟 父さんが中古で買って来てくれた……町のおもちゃ屋で。
兄 ……。
弟 俺は嬉しかったから、ずっとそれで遊んでた。よく晴れてた……田んぼがひろがってて、遠くに山が見えて……
男2 それは……いつの話をしてるんですか。
兄 (遮って) こいつ病気なんです……。
弟 展望台に上って、ロボットで遊んでた……
女2 展望台?
弟 家族最後の旅行だ……

兄　（小さく）スタン、やめろ……。
弟　ロボットを、展望台の手すりに乗せて、僕も一緒に乗っかって……ほら、その方が景色がよく見えるだろ……。
兄　やめるんだスタン。
弟　そうしたら、兄ちゃんがぶつかってきた……。
兄　やめてくれ……！
弟　よろけたんだ……兄ちゃんはなにかにつまずいてよろけたんだよ、わざとじゃないんだ……ロボットは落ちずに俺だけ落ちた。俺は落ちて行きながら謝った……俺はあまりいい子じゃなかったからね……ゴメンて、謝ったんだ……謝って……最後に謝って……俺はいなくなった……。
兄　なんでおまえが謝るんだ……。
弟　父さんと母さんもケンカばかりだったろ……俺がいなくなって、兄ちゃんさびしくなるなぁと思った……。
女1　夢？　夢のはなし？
男2　夢じゃない……。
男1　（受話器に向かって）もしもし……誰だあんた……もしもし……なにわけのわか

らねえこと言ってんだ……誰だあんた！　言ってることわかんねえよ……！

男2　(受話器を奪い、耳にあてる)テープですよこれ。局のインフォメーションテープです。

男1　安二郎は。安二郎はどこ行った。

男2　聞こえなかったんですか、(受話器を掲げて)爆撃されたことを伝えてるんですよ。

女1　え。

男1　安二郎……。(ヨロヨロと行こうとする)

男2　待ちなさい。

男1　(行こうとする)

男2　止まらないと射殺する。

男1　……。

女1　射殺って、

男2　射って殺す。

女2　誰なのあなた。

男2　管理局の者です。

男1　……。
女1　管理局……探偵だって
男2　（遮って）あんただね、これ、全部。（と弟を指す）
男1　そうだよ。
男2　証拠は全部彼女が。（と女1を）
男1　そうだって言ってんじゃねえか。（再び歩き出す）
男2　待て。
男1　（玄関から出て行く）

男2追う。
すぐにドアの外で銃声が聞こえる。

弟　なに。なんの音。
女2　（嘘をついて）花火……。
弟　花火。きれいだよな、花火……。
女2　うん……。

弟 兄ちゃん……。

兄 ……。

弟 （嬉しそうに）兄ちゃん……なに隠れてんだよ……。

兄 隠れてないよ……。

弟 敵の飛行機が来ると、よく家族四人で、急いで地下の防空壕に駆け込んだろ……。

兄 ああ。

弟 俺はまだやっと歩ける位で、兄ちゃんは……

兄 七歳か、八歳か……

弟 うん……かあさんが「親子四人、真っ暗な中で死ねばこのまま一緒だね」って言って……。

兄 うん……。

弟 戦争はいやだったけど、時々あの時のことがふっと懐かしくなることがあるんだよ……兄ちゃんは？

兄 ないな……。俺はあの時が一番嫌だったよ。物はないし、つまんない奴は威張ってるし……。

弟 俺はよかったな……だって、家族があんなに一つになったことってなかったじゃない……。

兄　そうかもな……。

男2が戻ってくる。

女1　(小声で) 殺したの……？

男2　殺せと言われてる。

配電盤が妙な音をたてる。

男2、そちらへ行く。

女2　(女1に) なるほどね……。

女1　(見る)

女2　あなたスパイだったんだ。

女1　探偵だっていうから……。

男2が配電盤に触れた途端、それは音をたててスパークし、火花を散らす。
女達、悲鳴。
ダクトもあちこちが破裂し、そこから勢いよく噴射された煙が女1を直撃する。

女1 (悲鳴)

男2、女1に駆け寄る。
ベッドの上のダクトがバリンと音をたてて破れ、腐敗した女の腕が飛び出す。
静寂。

弟 ビビさんだ……兄ちゃんビビさんだ……俺があげた指輪してる……。
兄 うん、ビビさんだ……覚えてるか。
弟 あたりまえだろ。

弟は、ベッドの上に上ってその指に触れようとする。

女2　スタン。

弟　離してよ。（触れて）やわらかい……とてもやわらかい。

女2　（見ずに）腐ってるからよ……。

弟　……。

男2　（倒れ込んだ女1に）大丈夫か。

女1　寒い。

男2がベッドから毛布をとるのとほぼ同時に、兄が立ち上がって玄関へと向かう。

男2　どこ行くんですか。

兄　逃げないよ今さら。花火を見るだけ。

兄、玄関へ。

男2　……。

花火が打ち上がる。
窓の外に兄の姿が見える。

女2　スタン……。
弟　（手を触っている）
女2　スタン……。
弟　なに……。
女2　話をしましょう。
弟　今？
女2　これから。ずっと。
弟　なんの話。
女2　いろいろな話。
弟　いろいろって。
女2　好きな歌のこと、好きな色のこと、好きな景色のこと、動物のこと、楽しかった思い出、宇宙の謎、生命の謎、人類の謎。

弟　いいけど……。

女2　人類はね、旧ネアンデルタール人のあと、一度滅びて、氷河期が五万年も続いたの。化石を見る限りでは五万年間、人類は存在しなかったんだって、五万年だよ。

弟　五万年も……。

女2　すごいでしょ……。五万年も途絶えてた人類が、また生まれたなんて。

弟　（早くも話に魅入られて）すごいね……。

女2　でしょ、すごいのよ……。

弟　うん……（ベッドから降りてゆく）知ってるよ俺、ネアンデルタール人の話。

女2　そう。

弟　（外を見て）兄ちゃん。兄ちゃんともよくするんだ。宇宙の話や……

窓の外でドンッという音がして、兄の体が宙で止まる。

女2　チャズさん！

兄の足がブラブラと揺れている。
首を吊ったのだ。

女1 (震えながら) なに、なにが起こったの……。
男2 なんでもない……。
弟 (窓を開けて) 兄ちゃん……。
女2 (止めようとして) スタン。
弟 どうしたの兄ちゃん……(と窓を乗り越え出て行こうとする)

と、何を思ったか、女2も窓の外へ――。

女2 スタン! 逃げるの!
男2 え!?
女2 逃げるのよ!
弟 なんでさ!
男2 待ちなさい。

女2　早く！

男2、女2を撃つ。

女1　やめて！

女2が倒れたのが、窓の外に見える。

弟　（窓の外、戻って来て）……。どうしたの二人共……。
女1　（泣いている）
男2　君は、ここにいるんだ。
弟　兄ちゃん……。あんた……。（ゆすったり触ったり）
男2　死んでるんだよ……。
弟　嘘でしょ……。
男2　中に入りなさい。
弟　嘘だ……。

男2　この人達は、もういないんだ。

弟　嘘だ。

男2　嘘じゃない。入りなさい、ほら。

弟　……。

弟、部屋の中へ入ってくる。

弟　（鳥カゴの中の鳥を見て）鳥だ……。

男2　うん、鳥だ。

男2、電話をかける。

弟は鳥を見ているが、男2の電話の間に、窓の前に段ボールを積み上げ始める。

男2　もしもし……ジャック・リントです……（伝わらなかったらしく）27号です。フォルティー宅にいます。何人か寄こしてください……え……どういうことですかそれは……。それはもういいって、もういいってなんですか……！　こっちは人が何人も……。冗談じゃない！　もしもし！　もしもし！

男2、ひどく苛立ちながら別のところへ電話を。

女1　どうしたの……。

男2　（答えずに）管理局のジャック・リントだ。27号！　何が起こったんだよ一体！　局に電話したらそれはもういいって言われたよ！　もういいってなんだ！　もういいって！　人が死んでるんだよ！　今俺死体に囲まれてんだよ！　バカヤロー好きで殺すか人を！（椅子を蹴飛ばす）

女1　……。

男2　解任？　解任って、解雇ってことか……どうして……わからないってなんだよ！　おまえは言われたことをそのまま伝えるだけか！　そうですすじゃねえよ！　俺はじゃあなんのために、なんのために……（言葉につまり、電話を切る）

女1　どうしたんですか……。

男2　わからない！　わからないよ！　テロだか戦争だかわからないけど国のあちこち

で空爆が始まった。局の連中混乱してて……それはもういいそうだよ……。ハハハ……。ハハハハハ！

弟 防空壕があるよ。

男2 ……。

弟 だから大丈夫だよ。

男2 そうか。

弟 うん。

男2 なにやってんだ。（箱のこと）

弟 （窓の外が）見えないように……。

男2 ああ……（手伝う）

しばし、その風景あって――。

女1 あんたたちが打ち上げたのね、あの月。

男2 （箱を積み上げながら）そういうことになるね……。

女1 バカみたいだ……あたし、一番恨んでた人間に……。

男2　わからなかったんだ……あの頃はなにも。全てうまくいくと思って浮かれてた……。

女1　……。

男2　申し訳ないことをしたよ……。ごめん。

女1　……。

男2　……。

弟　(女1に) 謝ってるよ。

女1　うん……。

男2　……。

女1　謝られちゃな……許すしかないか……。

鳥が鳴く。

弟　(見て) 鳥が鳴いた……。

溶暗。

〈参考および引用資料〉
小津安二郎・野田高梧共同脚本『晩春』『秋日和』
ジョン・アップダイク著『終焉』
江國香織著『間宮兄弟』

了

神様とその他の変種

登場人物たち

女1（サトウケンタロウの母親）
男1（サトウケンタロウの父親）
女2（スズキサチオの母親）
男2（スズキサチオの父親）
女3（サトウケンタロウの家庭教師）
男3（サトウケンタロウ）
男4（ユウちゃん＝動物園の飼育係）
女4（隣家の主婦）
女5（男1の母親）
男5（子供達の担任教師）
男6
女6
男7（刑事）

〈場所〉

東京郊外に建つ三階建ての邸宅、
サトウ家の一階居間、及び家の周辺。

〈時〉

現在と思われる。

開場時から、ステージ上には舞台装置がぼんやりと照らされている。

巨大な窓が並ぶ邸宅の壁面である。

この壁面は、やがて上空へと消え去り、部屋の内部が露わになる。

窓にはカーテンが引かれ、内部はまだ見えない。

プロローグ

厳粛な音楽。

明かり入ると、舞台のスミ、家の前で、ホームレスのような姿をした男6が立ちションをしている。

男6　(ややあって、観客に)どうも……神様です……ちょっと待っててください……(と放尿し終え、ズボンで手を拭きながら)本日はようこそ……改めまして、神様です。つまりこの劇は、冒頭でいきなり神様が出てくるようなタイプの劇だと、こういうことになります……冒頭でいきなり神様が、それも自分から神様だと自己紹介するような神様が出てきてしまうと、客席には「しまった」という空気が流れるものです。そう、このようにね……

男6、流れている音楽に耳をすます。

男6 ……舞台となるのはこの家です……なんてことはない、少々金のかかった三階建ての一軒家の一階部分です……築何年だか知らないが、もう随分ガタがきてます。向かいは動物園。三階にあるあのコの部屋からは象の檻が見おろせます……象の向こうはゴリラで、ゴリラの両脇はキリンとアリクイ。その向こうにライオンで、ライオンの両脇はシマウマと、馬。誰が檻の配置を考えたのか知らないが、あまり感心できる並びではありません……しかし、一番手前が象なのはあのコにとっては喜ばしいことでした。(三階を見上げて)あのコは暇さえあれば象に向かって話しかけてます……「今日はいいお天気だね」とか「今日はあまり体の調子がよくないんだよ」とか……

この台詞の間に、女1によってカーテンが開けられ、次いで女3が、女1に促されるようにして窓の方へ——。

男6 (喋るのをやめて女3の方を見る)

女3　（男6のマナザシに気づいて、窓から離れようとする）
男6　（のを、手招きする）
女3　？
男6　（さらに手招き）
女3　（チラと女1を気にしてから、窓をあける）
男6　どうですか様子は。
女3　……。
男6　聞こえないんですか、どうですか様子はと聞いてるんですよ私は。
女3　え。
男6　様子だよ。
女3　……なんの。
男6　（三階をチラと見ながら）あのコのだよ、決まってるじゃないか。（観客に）そうは見えないかもしれませんが彼女も神様なんです。921号と呼ばれています。誰にって、私にです。神様はこのように、人間のフリをして、わりと多くの家庭や会社や、道端に紛れこんでるんです。
女3　（男6をじっと見ていたが、フッと笑うような）

男6　何が可笑しい。何がフだ。
女3　いえ。（とひっこもうと）
男6　おい。
女3　なんですか。
男6　あのコの様子はどうなのか聞いてるんじゃないか。何度言えばわかるんだ。
女3　私神様じゃありませんから。（観客に）嘘ですから。
男6　そういうこと言うなよ。
女3　だって
男6　だってもストライキもないよ。
女3　だってもあさってもじゃ……
男6　混乱させるようなこと言うんじゃないの。
女3　混乱？
男6　わーってなることを混乱て言うんだ。
女3　わかってます。
男6　わかってるなら聞くな。
女3　でも

男6　でもかかしもないよ。
女3　かかし？
男6　私は君のことを神様だと言っているのに、君が自分のことを神様じゃないと言う。
（観客は）どっちの言い分を信じればいいか困っちゃうよ。
女3　（観客を示し）それはわかるんじゃないですか？
男6　なにが。
女3　だから、どっちの言い分を信じればいいか？
男6　（客席を見て、少し安堵し）……ならいいけど。
女3　ええ。
男6　それであのコの様子は。
女3　あのコって、ケンタロウくんですか？
男6　そうだよ。他に誰がいる。あのコは選ばれた子供なんだからね。しっかり守って
あげないといけない。
女3　誰に？
男6　あん？
女3　誰に選ばれたんですか？

男6　315号は何でも質問すればいいと思ってるね。
女3　921号ですよね。
男6　いいんだよ何号だって、どうせ私しか呼ぶ奴ぁいないんだから。

女1が窓辺へ来る。

女1　なんなの?
男6　(女1に気付き)あ!?(行きながら女3に)また来る。火曜と金曜だね。
女3　え。

男6、去った。

女1　誰?
女3　キチガイです。
女1　駄目ですよキチガイと長話ししちゃ。
女3　聞いてくるんで。

女1　答えるからよ。
女3　あの人、何度か会ったことあるんですよ。
女1　（ギョッとして）お知り合いなの？
女3　いえ、話したことはないんですけど、よく駅の向かいのホームとか横断歩道の向こうで、あたしのこと見てうなずいてるんです。
女1　どうしてかしら。
女3　どうしてでしょう。
女1　うなずいてるならまあ、首を振られるよりはいいけど……。
女3　そうだ……商店街の出口でお宅の家庭教師募集の張り紙を眺めていた時も
女1　電信柱？
女3　ええ、電信柱。ふと見ると向こうの電信柱の陰からあの人が……
女1　うなずいてたのね。
女3　うなずいてましたね。「やりなさい」みたいな。
女1　家庭教師をね。
女3　家庭教師をです。もちろんそれでやることにしたわけじゃありませんけど。
女1　駄目よキチガイと長話ししちゃ……

女3　そうですね。
女1　（男6が去った方を見ながら）先生のことが好きなのかしら。
女3　（同じく）だと思います……。
女1　（女3を見て）……。
女3　（正面に目を移して）動物園なんですね……。
女1　ええ。ここからじゃ塀しか見えませんけど。小さな動物園なんですけどね、土曜日曜はそれなりに賑やかで……。
女3　ああ……。
女1　じゃあ、火曜と金曜の、五時から二時間半ずつということでよろしいですか？
女3　はい。よろしくお願い致します。
女1　こちらこそ……。よかったわ、よさそうな方がすぐ見つかって。張り紙って意外と効果あるんですね。
女3　ご期待に添えるよう頑張ります。
女1　大丈夫よ。わかります大体。
女3　頑張ります。
女1　ホント良かった。前の先生はまったくダメで……。

女3　そうなんですか……。
女1　そうなんです……ケンタロウも本当につらそうでした。歳もあなたと同じぐらいの女性だったんですけどね、
女3　ええ。
女1　やっぱり以前小学校の先生で……
女3　ああ、（やや不安になり）そんなにあれだったんですか……。
女1　まったくダメでした……（女3をなめるように見ながら）初めてお会いした時は全然そんな風には見えなかったんですけどね……
女3　はあ……
女1　そんなような服で、似たような髪型で……ここでこうやって、「動物園なんですね」って言って。
女3　（自信がなくなって）ああ……。
女1　まだ十一歳ですからね……いろいろ、むつかしい年頃ですから……
女3　そうですね……
女1　じゃあ、金曜日から、あさってからでよろしいです？
女3　はい……あの、今日は、今は、ケンタロウくんは……？

女1　なんですかケンタロウが。
女3　いえ……今はいないんですよね？
女1　おりますよ。三階の自分の部屋に。
女3　あ、そうなんですか。
女1　どうして？
女3　いえ……お会いしといた方がいいのかなと思いまして……
女1　心配なんですか？　あのコが変わった子なんじゃないかって。
女3　あ、いえ、そういうあれじゃなくて……
女1　変わってなんかいませんよ。もちろん常軌を逸するほどにはという意味ですけど。
女3　ええ。
女1　あのくらいの歳の男の子はみんな誰でもそこそこ変わってるんです。たとえまったく変わってない子がいたとしても、そのコは「まったく変わってない」という点でそこそこ変わってるんです。
女3　その通りです。
女1　ええ。
女3　小学校の教員でしたからわかります。

女1　そうですよね……前の先生もそうおっしゃいましたけど……

　飼育係の格好の男4が外に来る。デコレーションケーキが二つ入るぐらいの木箱を持っている。

男4　（女1に）こんにちは。
女1　なに？
男4　ケンタロウくんは？
女1　いません。
女3　!?
男4　そうか……
女1　なんですか？　用があるなら伝えておきますから。お仕事中でしょ？
男4　山羊の赤ん坊が産まれたんでおすそわけに。
女3　おすそわけ？
男4　ボルネオにしか生息しない珍しい山羊なんですよ。誰？
女3　（と面と向かって言われ、困惑して女1を見る）

女1　誰でもありません。
男4　へえ。名前もありません？
女3　サクライです。
男3　サクライ。
女3　家庭教師です、ケンタロウくんの。
女1　いりませんから山羊なんて。帰って。
男4　家庭教師って、モトハシは？
女1　やめてもらったの。
男4　モトハシも？
女1　呼び捨てはやめなさい。
男4　だって本人いないでしょ。
女1　いいから帰って。忙しいんです。
男4　ケンタロウくんモトハシ気に入ってたのに。
女1　気に入ってないわ。
男4　気に入ってました。やさしいし動物好きだし、いい匂いがするって言ってました。
一緒にマルに話しかけるようになって、マルもモトハシならいいって言ってるって言ってました。
女3　マル？
男4　象。マルとカンコ。マルは男の子、カンコは女の子。サクライ象好き？
女3　象は
女1　（遮って）答えなくていいんです。
男4　好きじゃないとモトハシに負けるよ。
女1　負けません。（女3に）言って。
女3　え、なんて？
女1　負けませんて。
女3　象が好きだって言った方がよくありませんか？
女1　好きなの？
女3　好きです。
男4　駄目だよ。
女3　何がです。
男4　だってサクライ負けたくないから言ってるだけだろ。
女1　呼び捨てやめなさいってば。

男4　いないからいいんだって。
女1　いないのはモトハシ先生です。
男4　（一瞬女3を見てから）同じことだよ。
女1　違いますよ。だいぶ違います。
男4　もう来ないのモトハシ。
女1　来ませんよ辞めたんだから。
男4　でもケンタロウくんさびしがるでしょう。
女1　さびしがりません。
男4　さびしがりますよ、この間だって俺が部屋行ったら

　　男4、そう言って三階を指さそうとして、箱を思いきり地面に落っことす。

男4・女1・女3　あ。
男4　（女1と女3が見るので）……大丈夫です。ボルネオ産の山羊は、強いんです。この高さから落ちたくらいじゃ……（言いながら箱の中を覗いて、黙る）
女3　どうしたんですか？

男4　よく眠ってます……。

女3　死んでるんじゃなくて？

女1　死んでるんですよ。

男4　死んでません。よく眠ってるんです。

女3　ちょっと見せてください。

男4　（離れる）

女1　どうして離れるんです。

男4　近過ぎたからです。恋人でもないのに。

女1　嘘。

男4　嘘？　恋人だって言うんですか？

女1　死んでるって言うんです。

男4　死んでません。死んだように眠ってるんです。

女1　眠ったように死んでるのよ。

男4　たとえそうだとしても、俺が今落っことしたからだなんて思わないでくださいよ。このコは俺が落とす前から死んでたんですから。この種類は体が弱いんです。

女3　さっき強いって

男4　強いのは心です。
女3　心。
男4　気持ちの方はあれでも、体があれでは、ね。
女1　落とす前から死んでたって、だってじゃああなた、死んでる山羊を死んでるってわかってておすそわけに来たんですか？
男4　そうですよ。私《わたくし》一言でも生きてるって言いました？
女3　言わなくても普通生きてるものですよ生き物は。
女1　そうよ。例えば、あたしサクライ先生のことをいちいち生きてるサクライ先生なんて言わないもの。
女3　私もただ「サクライ先生」と呼ばれたからって「あたし死んでるのかしら」なんて不安になったりしませんよ。
男4　（混乱したのか）屁理屈はよしてください！
　　そう言って、男4は持っていた箱を再び地面に叩きつける。
男4　ああ！

女1　大丈夫ですよ。死んだものをいくら落としてもそれ以上は死にませんから。
男4　（そわそわし始める）
女1　どうしたの？
男4　このことは、ケンタロウくんには秘密にしておいてくれるって約束しましたよね。
女1　してないわ。
男4　じゃあ今からしてください。とても悲しみますから。悲しませたくないんです。友達ですからケンタロウくんとは。友達っていうのは、友達が悲しむのを見たくないものなんです。そしてこれ（と箱をどうしようかと）庭に焼却炉ありましたよね。
（行こうと）
女1　駄目！
男4　え。
女1　故障中です。
男4　焼却炉？　だって今さっき煙出てましたよ。
女1　……煙は出るんです。
男4　え、じゃあ何が
女1　あなたがどうこう言うことじゃありません。焼却炉の故障のことは焼却炉にまかせておけばいいんです。あなたの故障じゃなくて焼却炉の故障なんですから。

男4 (その語気に気圧され) でも、これ。

女1 預かります。(と手を出す)

男4 ……。

女1 (男4の近くへ行き、奪って) 処分しておきます。

男4 だけど……

女1 戻りなさい。

男4 見つからないようにしてくださいよ。

女1 わかったから戻りなさい。

男4 はい。

男4、来た方向へと戻って行く。

女1は部屋の奥へ――。

女3 (男4が去った方を見ながら) 動物園の方?

女1 飼育係です。

女3　ケンタロウくんのお友達なんですか？
女1　いいえ、お友達ではありません。
女3　……。あの、ケンタロウくんはいないんですか？
女1　おります。今日はもうお帰りになりましょうか。
女3　はい……。
女1　金曜日に。
女3　はい。
女1　おかまいも致しませんで。
女3　いえ……どうぞよろしくお願い致します。
女1　お願いします。
女3　失礼致します。
女1　金曜日に。
女3　金曜日に。

女3、去った。
男1が庭に来ていた。軍手をはめている。

男1　（中に向かって）勘弁してくれよ。
女1　クビにしたのに急に来たんですよ。納得いかないとかおっしゃって（どうやらモトハシのことを言っている）。
男1　じゃなくて今の人。ビックリしたよ突然。
女1　明日だと思ってたんですよ。あたしが日にちを間違えてメモしてたんです。
男1　間違えてメモするなよ。おまえはあれだよ、そういうところがあるよ。
女1　帰りましたよ。あさってから来てもらいます。
男1　よさそうな人かい。
女1　ええ。今度は大丈夫だと思います。ちょっとこう、海へビみたいなところがありますけど。
男1　（一瞬考えて、理解できず）なに？
女1　海へビみたいなところがあるんです。
男1　（わからないのだが）……へえ。
女1　意味がわからないならどうして聞かないんですか、「どういう意味だい？」って。
男1　いいやって思ったからだよ。

女1　あなたにはそういうところがありますよ。

男1　それが俺だよ。

女1　……。

男1　（手袋をはずして、手のにおいを嗅ぎ）においがついたよ。しみこんだ。

女1　手を洗うの？

男1　ていうか風呂入る。（と中へ入ろうと）

女1　お風呂場をよく洗い流してからの方がよくありませんか？

男1　じゃあ洗い流してきてくれよ。

女1　あたしケンタロウの様子見てきますから。

男1　洗い流してからじゃ駄目なのか。

女1　そうだ。洗い流す前にこれも焼いちゃってもらえます？

　　女1、山羊の死体の入った箱を取りに行く。

男1　洗い流すのはあくまでも俺か。疲れたんだよ。昼飯も食ってないのに夕飯の時間だよ。それって何飯だ。仕事する時間がまったくないじゃないか。かあさんの面倒

女1　だって少しはあれしてくれないと。(箱を受け取って) 何これ。
男1　山羊です、ボルネオ産の。
女1　またユウちゃん？
男1　ええ。とても珍しい山羊だそうです。
女1　来るなって言えよ。
男1　言ってますよ。言っても来るんです。
女1　(中を見て、死体をつまみあげ) ああ、もうやってあるのか。
男1　あたしじゃなくてユウちゃんが。
女1　死んでるの持って来たの？
男1　持って来てからあれしたんです。
女1　(ほんの少し考えるが) へえ。
男1　あなた納得いかないなら聞いたらどうなんですかどういう成り行きなのか。
女1　山羊って一度に何匹ぐらい産むのかな子供。
男1　(面喰らって) そんなことを聞きますか。
女1　いや、よくバレないなと思ってさ。珍しいんだろ。
男1　あなたが思うほど気にしてないんですよ周りは。

男1　（納得いかないのか）

女1　ケンタロウ……。

　　男3が階段上から降りて来ていたのだ。

男3　なにそれ。（箱のこと）

女1　（笑顔で）箱ですよ、ただの。段ボールの。

男3　何が入ってるの？

男1　（笑顔で）つまらないものさ。教えてもがっかりするから教えないぞ。

男3　見せて。

男1　見てもがっかりするだけだ。

　　男1、行く。

男3　（その背に）見せてよ。

女1　おとうさんはケンタロウをがっかりさせたくないんですよ。なにしろつまらないんですから……。

男3　（テーブルの上のティー・カップを見たのか）……誰か来てたの？

女1　ああ、紅茶のカップ？

男3　モトハシ先生？

女1　違います。

男3　モトハシ先生が来てたの？

女1　言ったでしょ、モトハシ先生は遠くにお引っ越しされたんです。

男3　そんなこと先生僕には一言も言ってないよ。

女1　あなたが悲しむからですよ……先生はあなたが悲しむ顔が見たくなかったんです……。

男3　だって……結局悲しむじゃない。ほら、僕今悲しんでるよ。

女1　モトハシ先生には見えませんからね。モトハシ先生はそういう人なんです……自分にさえ見えなければいいみたいなところがあるんですね……（男3のことを気にして）もちろん、いい人よモトハシ先生は。いい人だけど

男3　（どこかへ行こうと）

女1　（強く）どこ行くの⁉

男3　わからない……。
女1　あなたのウチはここですよ……
男3　……。
女1　なにか疑ってるのおかあさんを？
男3　疑ってないよ……
女1　この紅茶は新しい家庭教師の先生が飲んだのよ。とてもいい先生。
男3　うん……声が聞こえた。
女1　サクライ先生っていうの。モトハシ先生もとてもいい先生でしたけど、サクライ先生はもっとずっといいの。
男3　サクライ先生。
女1　サクライ先生。用事があると言って急いで帰られたの。忙しいのね、いい先生だから。
男3　サクライ先生の前に、モトハシ先生の声がしたような気がするんだけど。
女1　……それはサクライ先生がモトハシ先生のマネをする声ですよ。
男3　サクライ先生モトハシ先生のこと知ってるの？
女1　知らなくたって、マネぐらいできるんです。女の人の声なんて大体同じですから。

男の人にだって女の人の声みたいな人がいるぐらいです。あなたも紅茶飲む？

男3 んんいらない。

女1 そう。なにか食べる？

男3 いらない。

女1 そう……でも少し食べなくちゃダメですよ。ゆうべだってあなたほとんど眠ってないじゃないの……

男3 ……。

女1 隠したって知ってるのよ……おかあさんあなたのことはなんでも知ってるんですから……あなたがゆうべ何時に目を覚ましたか……それから窓を開けて、眠ってる動物たちを何時間眺めてたか……なにもかも知ってるの……。

男3 いけないの？

女1 いけなくなんかないわ。知ってるって言ってるだけよ。

男3 眠ったフリをしてるだけだよ……。

女1 え？

男3 なんでもない……。

女1 あなた、右の肩をケガしてるわね。

男３　（ドキリとした）
女１　どうしておかあさんに言わないの？
男３　ちょっとすりむいただけだよ……。
女１　誰にやられたの？
男３　自分でやったんだよ。廊下を曲がる時に柱にぶつかったんだ。
女１　嘘でしょ。国語の教科書にいたずら書きをしたのは誰？
男３　え。
女１　国語の教科書ですよ。落書きだらけじゃない。
男３　自分で
女１　（遮って）嘘つくのやめて。自分でケンタロウ死ねなんて書くケンタロウはいません。
男３　……。
女１　誰なの？　オサムくん？　ユウイチくん？
男３　違うって。
女１　じゃ誰？　給食のクリームシチューに毛虫を入れたのもその子なんでしょ？　自分だなんて言わせませんよ。自分で自分のクリームシチューに毛虫を入れるほどあ男3　なたが毛虫を好きじゃないことだっておかあさん知ってます……。誰？　センタくん？　マキゴロウくん？　なんなんでしょうマキゴロウって！

女1　（また行こうと）

男3　どこ行くの？

女1　じゃあお風呂。

男3　お風……どうしてこんな時間に？

女1　いけないの？

男3　いけなくなんかありませんよ……お湯入れてきてあげるから。

女1　自分でやる。

男3　あなたは肩にケガをしてるんだから。

女1、男3を強引に制し、バスルームへ去る。

男3　……モトハシ先生のにおい……（何かを拾いあげて、窓の外の、おそらく塀の向こうに向かって）マル、カンコ、ほら……モトハシ先生のイヤリングだよ……。

二頭の象が大きく鳴く。
大音量の音楽がカット・イン。
窓の内側はスクリーン状の布に覆われ、音楽にのって、装置全体に映像が投影される。

キリのよいところで音楽と映像が不意に途切れる。
女4が上手から姿を現し、そのまま下手へ去って行こうとする。
男7が後ろから声をかける。

男7　失礼。
女4　はい……。
男7　お隣の方ですよね。
女4　はい……？
男7　お隣の奥様ではありませんか？
女4　はい、オバタですけど。

男7　（警察手帳を見せ）私、こういうものです。
女4　（読んで）ウヨチブジィケズミシ。
男7　あ。（逆さまだった）
女4　（読んで）シミズ刑事部長。警察の方？
男7　シミズです。いくつか御質問させて頂いてもよろしいでしょうか。お時間はとらせませんから。
女4　でもあたし、今五、六時間しか時間が
男7　充分です。五、六分でおわります。
女4　まあ。（心から感謝するように）ありがとうございます。
男7　（戸惑いつつ）いえ……お隣さんとは、サトウさん御夫妻とはおつきあいありますか？
女4　もちろんあります。すごく仲のよい御夫婦で。とてもそんなことをするようには見えませんでした。
男7　はい？
女4　はい？
男7　どんなことをするように？

女4　なにがです？

男7　いえ、どんなことをするように見えなかったのかなと思いまして。

女4　（ひどく照れて）それは言えません。

男7　どうしました、大丈夫ですか。

女4　想像してしまったんじゃないですか。あなたがヘンなこと聞くから。

男7　すみません……。

女4　五、六分もこんなこと想像していたら、私どうにかなってしまう。

男7　すみませんでした。質問を変えましょう。

女4　なんですかあなたばっかり。次はあたしです。何があったんですか？

男7　はい？

女4　何かあったんじゃないんですか？

男7　いえ、まあ、

女4　何があったんです？

男7　それは言えません。サトウさんのお宅を訪れた人間が、何人か消息不明で、音信不通になっているんです。

女4　音信不通……留守電にメッセージを入れても次の日まで折り返しがないってこ

と？

男7 次の日にも折り返しがないんです。

女4（ものすごく驚いて）次の日にも!?

男7 次の日にも。

女4 じゃあ次の次の日にも!?

男7 次の日にも、次の次の日にも、次の次の次の（やめて）っていうか折り返しがないんです。

女4 なんなんでしょう……

男7 そうなんです。

女4 不義理な人たちだわ……（責めるように）大事な用事があるかもしれないじゃありませんか。

男7 そうも考えられますけど、もしかしたら、もしかしたらですけどね、折り返すことができないんじゃないかと。

女4 大の大人が？

男7 いえ、

女4 子供なの？

男7　大人です。

女4　大人なんじゃない。大人ならなんとか連絡とれるようなものじゃないの。

男7　奥さん、どうか彼らの方を責めないであげてください。彼らもまさか自分たちの方が責められるとは思わなかったと思うんです。

女4　連絡とれないだなんて甘えたことを言うからですよ。あたしはそうした、自立しようとしない大人を認めないんです。

男7　今日はありがとうございました。

女4　もうよろしいんですか？

男7　できればこのぐらいで。

女4　そうですね。どこかでお茶でもしましょうか。

男7　だって、五、六分ていう約束だったじゃないですか。

女4　ウチでもいいんですけど、今ウチ水道があれなんです。水が詰まってしまってて。

男7　じゃあやめましょう。

女4　困ってるんですよ。しょっちゅう流しが詰まって。

男7　水道屋さんを呼んだ方がいいですね。

女4　それでもだましだまし使ってたんですけどね、針金で引っかきながら。

男7　頑張ってください。

男7、上手へ去る。

女4　そしたら女の人の髪の毛が出てきたんです。ズルズルズルズル。

男7、戻って来る。

男7　何が出てきたんです？

女4　ですから髪の毛ですよ女の人の。下水自体に詰まってるんですねきっと。あんなものが詰まってちゃ。（男7が近づいてくるので）なんですか？

男7　お茶飲みに行きましょうか。

再び音楽と映像が始まる。

インストゥルメンタルだった音楽には、生の合唱がかぶっている。

役者のクレジットに合わせて、パネル両脇の窓につけられたロール・カーテンが開き、実物の役者が浮かび上がる。

キリのよいところでパネルが上空に飛んでゆくと、部屋の中では出演者全員が、これでもかとばかりに大合唱している。

やがて合唱が終わり、アウトロの間に、ある者は次のシーンのために位置につき、ある者は去って行く。

1

パネルが上がると、そこには男4、男5、女3がいる。
男4はプロローグと同じ作業着。男5は背広姿で几帳面そうな印象の太った男。この二人は近くにいて、少し離れた所で女3がテキストのようなもの（教科書？）に目をやっている。

男4　（男5に）今ウチの動物園には豚が八頭いるんです。トン吉、トン次郎、トン平、トン子、トン太郎、トン吉、あれトン吉言いましたっけ。
男5　（やや迷惑そうに）どうでしたか……
女3　（目をあげ、それなりに友好的に）言いました。

男4　(男5に非難がましく) 言ったじゃないですか……トン吉トン次郎トン子トン平、あれ、トン吉トン次郎トン子、トン平、トン助、ん？
女3　トン太郎。
男4　トン太郎、(男5に) あれ今何頭ですか？
男5　さあ……。
女3　六頭です。
男4　六頭か。あと誰だ？　トン吉、トン次郎、
男5　(遮って、女3に) ケンタロウくんは勤勉ですか？
女3　はい？
男5　いえ……家庭教師の方なんですよね……
女3　あ、はい。
男5　まじめに勉学に取り組んでますかケンタロウくんは。
女3　さあ、私今日からなんで。まだ会ってないんです。
男5　なんだ、そうか……初日から待ちぼうけですか。
女3　いえ、それは……学校ではどうなんですか？
男5　学校には週一回来ればいい方です……。

女3　そうなんですか。
男5　お聞きじゃないんですか何も。
男4　豚っていう動物はね、ウンコやおしっこをする場所とごはん食べる場所と寝る場所、ね、この三つを自分でしっかり区別するんです。
男5　そうなんですか。
男4　そうなんです。
女3　よくキレイ好きだって聞きますよね。
男4　聞くだろ。まあたしかにキレイ好きはキレイ好きなんだけどね、（男5に）本能的なものが大きいんです。だから、敵に自分の巣を見つからないようにっていう野生時代の本能。
女3　へえ。
男4　（女3に）うん。（男5に）豚ってのはね、
男5　どうしてあなたさっきから私に向かって豚の話ばかりするんですか。
男4　（男5の言い分が愚問だとでも言うように）え、だってそれはやっぱり。
男5　はい？

男1がコーヒーを三つ入れて持って来る。

女3　あ、すいませんどうぞおかまいなく。
男1　こちらこそすみません、初日から待たせてしまって。
女3　いえあたしは。
男1　間もなく戻ると今ケータイに連絡が。
男4　（くいついて）ケンタロウくん？
男1　ユウちゃんいいの仕事。
男4　コーヒー？
男1　うんコーヒー。
男4　ウンコって言った？（嬉しそうに、周囲に）今ウンコって
男1　うん、コーヒーって言ったんだよ。このタイミングでうんこなんて言ってなにかいいことある？
男4　豚は暑いと自分のうんこやおしっこで体温を下げようとするんですよ。
女3　え？
男4　豚は自分じゃ汗かけないから。そこらへんがキレイ好きっていうのはちょっと違

うだろうってとこだね。

女3　ああ。

男4　(男5に) あれ自分ではどうなんですか、臭くないんですか？

男5　私は知りません。

男1　(男5に) やっぱり今日のところはお帰り願えますかね。もちろんこれ飲んでからで。

男5　戻られるんですよね。そう連絡があったのでは？

男1　先客があるんです。

男5　……お父様ね。これは息子さんにとってとても大きな問題なんです。病気でもないのにこんなに休まれては

男1　病気なんです。(女3に) 病気って言っても、病気なんかじゃありません。

男5　どっちなんですか。

男1　かあさん……。

女5が階段の途中にいたのだ。

男1　どうしたんですか。目眩《めまい》がするんでしょ。

女5　目の前がオレンジ色なのさ。クスリを変えてもらったのが、いけなかった。

男1　だから寝てた方がいいですよ。

女5　みんなでお茶を飲んでるの？

男1　え……ええ、お茶というか、コーヒーですけど。あ、今日からケンタロウの家庭教師に来てもらう……

女3　サクライです。

男1　サクライさんと、担任の

男5　キノシタです。

男4　キノシタトン丸先生。（男5が反応するので）冗談じゃないですか。（紹介して）ケンタロウくんのおばあちゃん。

女3・男5　（口々に挨拶）

女5　いらっしゃい。御夫婦？

女3・男5　（口々に否定）

女5　ケンタロウは？

男1　うん、トシエと今ちょっと……

女5　(いまいまし気に) またあんな女と。
男1　(周囲の目を気にしながら、苦笑して) あんな女って、女房ですよ僕の。
女5　だまされてるんだよあのコは。

女5、ゆっくりと階段を降りてくる。

男1　かあさん寝ててくださいよ。
女5　待ってるんだろ、ケンタロウを。
女3　はい。コーヒーをいただきながら。
女5　ながら族かい。
男4　はい。(男5を指して) ながら族の酋長です。
男5　なに言ってるんですか。
男1　寝ててくださいって。
女5　あたしも一緒に待っちゃ駄目かい。
女3　いえ、ぜひ。
男1　(女5に) 今ちょっとあれなんですよ。

女3　いいじゃないですか。
男4　いいですよいいですよ。パーティってのは人が多ければ多いほどいいんですから。
男1　（小声で）ユウちゃん、おふくろをからかわないでくれよ。
男4　からかってないよ。
男1　（小声で）この前ヘビの皮食わせたろ。
男4　それぐらいしか使い道なかったんだよ。
男1　おふくろを使い道にしないでくれよ。
男4　なに言ってんの、そのあとおばあちゃんすごい体調よくなったんでしょ。
男1　そうなんだよ。
男4　じゃあいいじゃない。
男1　そこが悔しいところで……。
女3　（女5に、ソファーを勧めて）どうぞ。
女5　（座らず）サクラノキノシタさんでしたっけ？
男1　サクライさんだよ。こちらがキノシタ先生。くっつけちゃ駄目だ。
女3　夫婦じゃないんです。
女5　そうかい……家庭教師の経験は？

女3　はい？
女5　あるの？
女3　わかりません。
男5　わからない……!?　え、わからないんですか……!?
女3　思い出せないんです……小学校の教師をやってたのは覚えてるんですけど、いつ辞めたんだか……きっとそのうち思い出せるとは思うんですけど……時間が経てば自然に……すいません。
男4　（男1に）面白いね。
女5　ちっとも珍しいことじゃないよ……。
女3　実を言うと、募集の張り紙に履歴書は必要ないって書いてあって、ホッとしたんです。
男1　そうなんだ……。
女3　そうなんです……。
男4　サクライ面白いよ。

玄関の方から、女4の「ごめんください」という声がする。

男1　はい。
女4の声　オバタです。
男4　あオバタだ。
男1　（小さく）なんだよ……（奥に向かって）はい。（と去る）
男4　（女3に）隣の奥さん。
女3　（よくわからないのだが）ああ……いいんですか仕事。
男4　いいんだよ今日は……。

　　女4が男1のあとについて入室してくる。

男1　もちろんお待ちになるのは構いませんけど
女4　お邪魔致します。
男1　連絡させますよ戻ったら。
女4　あら楽しそう。こんにちは。
女3　こんにちは。

女4　どこかでお会いしました？
女3　いえ。
女4　そう。

男5は軽く会釈をする。

男1　ケンタロウの家庭教師さんと担任の先生です。
女4　オバタです。あ、ユウちゃん。
男4　こんちは。
女4　またこんなところで油売って。（皆に男4を紹介して）向かいの動物園の飼育係のユウちゃん。
男1　もうわかってますみんな。もうさんざんあれしたんで。
女4　あそうなの。
男1　そうですよ。だって順番的にそうでしょ？
男4　何しに来たの。
女4　いえ、田舎からフキをおくってきたんでね、おすそわけに。

男4　ああ。どこフキ。
女4　忘れて来ちゃったのよ。
一同　……。
男1　……連絡させますから戻ったら。
女4　(男1の服装を見て)あら。
男1　なんですか？
女4　そのシャツ……。

男1は、男7が着けていたものとまったく同じシャツを着ていた。

男1　(どこか動揺しているような)シャツがなんですか……？
女4　いえ……
男1　別に普通のシャツですよ……
男5　(男1に)あの……
男1　はい？
男5　あの方は、あなたのお母様はどうして私を見てるんです？

たしかに女5が男1を、少し前から、静かな敵意をもつような目でにらむように見ていた。

男1　見てる？

男5　ええ、さっきからなんですよ。そこにじっと立ったまま……。

男4　ああ、それなら心配いりません。あなたのことを、敵かどうか確かめてるだけです。

男5　敵……。

男4　ええ。（何か別の話を女3に）

男5　敵ってなんですか。私は敵じゃありませんよ。

男4　わかってます。大丈夫ですよ。ケンタロウくんのおばあちゃんがあなたのことを敵だと思ったとしても、ほんのちょっと危害を加えるだけです。もうすっかり年をとってますからね。痛くもなんともありません。僕も一度やられましたが、くすぐったいぐらいのものでした。（女3に話しかける）

男5　（のを遮って）私が敵じゃないってことを言ってあげるわけにはいかないんです

か？

男4　そんなことしたって……もしケンタロウくんのおばあちゃんがあなたのことを敵だと思ってるとしたら、その敵が「私は敵じゃありません」と言ったところで、おばあちゃんが信用すると思いますか？

男5　でも、私は敵じゃないんです。

男4　だから俺は、敵だとしてもそう言うって言ってるんですよ。私は敵じゃないって。

女4　だけど、あなた本当に敵じゃないんでしょ？

男5　敵じゃありませんよ。あの方の息子さんの担任教師ですから。

男4　だけど、そうやって相手の懐に飛び込んでゆく敵だっていますからね。

女3　でもどうして先生がおばあちゃんの敵なんですか？

男4　私は敵だなんて一言も言ってやしないじゃないですか。おばあちゃんがそう思ってるだけです。

女4　じゃあおばあちゃんに言ってあげればいいじゃないの。この人は敵じゃないよって。

男4　だからそれは駄目なんですよ。

女4　（説明できず）どうして。

女3　私が言いましょうか？　おばあちゃんに、この人は敵じゃありませんよって。

男4　何度同じことを言わせんだよサクライは。言ったでしょ!?　おばあちゃんがサクライのことを敵だと思ってるとしたら、その敵が敵の友達を「この人は敵じゃありません」と言って、おばあちゃんが信用すると思うか、一体。

女4　（混乱して）え、え、おばあちゃんは誰と誰のことを敵だと思ってるの？

男4　わかりませんね、それは。ともかく、おばあちゃんだけがそう思ってるんですからね。もちろん聞いても教えてくれないでしょう。もしかしたらその聞いた人のことも、おばあちゃんは敵だと思ってるかもしれませんからね。

女4　それじゃあどうしようもないじゃないの。

男4　どうしようもないんですよ。

女5　（おもむろにイスに座る）

男5　（驚いて）座りました！

男4　そりゃ座りますよだいぶ歳をとってますからね。だけどたいしたことじゃないでしょう。そう思ってるだけなんですから。

男5　だけど、いいですか、ここにこれだけの人がいてですよ。しかも一人は仮にも教師、一人は家庭教師さんです。皆さんそれぞれ知恵があって、どうしてこの方に私男4　が敵じゃないってことを教えてあげられないんですか。敵じゃありません。ただそれだけのことなんですから。

女4　あっ！

女3　（うんざりして）だから、わからない人だなぁ！　今も言ったように、

女4　なんですか？

男4　なんでもない。

女5　こういう人だから。そしておばあさんいつのまにか俺を見てますけど、まさか俺のこと敵だと思ってんじゃないでしょうね。

男4　象が死んだのね……。

男5　（真顔になって）……なんですか突然。

女5　象？

男4　死んだんだろ。

女5　そうなんです……。

男4　それで様子をうかがいに来たのかい、ケンタロウの。

女3　いけませんか？　心配なんですよ。あたりまえでしょう。

象って

男4　カンコ。
女5　先週からうずくまったままで、おといだったか、朝方たくさんの喪服姿の人達がウンセウンセ言いながら運んで行くのが見えたよ……。
男4　（思いつめた表情で）誰かが毒リンゴを食べさせたんですよ……。
女3　ひどい……え、お客が？
男4　客だよ。飼育係がそんなことするわけないだろう……！
女3　（その語気に面喰らって）私は別に
女5　あのメスは食いしん坊だったからね……あげればあげただけ食べたろうさ……知ってたんだろおまえも。
男1　いいえ。
女5　……。
女3　ケンタロウくん悲しんだんじゃないですか……？
男5　ケンタロウくんがなんですか？
男1　なんでもありません。今日は帰ってもらえませんか。
女5　悲しむ？
女3　ええ、だって、ケンタロウくん窓からよく話しかけてたんですよね。

女5　あんた、世界が壊れた時に悲しんでいられるかい……？
女3　はい……？
女5　自分の棲む世界がメチャクチャに壊れた時に、あんたは悲しむ余裕があるのかって聞いてるんだよ……。
女3　（苦笑して）どうなんでしょう。壊れたことないんで。

象が鳴く。
皆、そちらを見る。

女3　（男4に）マルですか……？
男4　そりゃマルでしょう。え、なにカンコだって言うの!?
女3　そんなこと言って（ません）
男5　（遮って）え、ケンタロウくんは象に話しかけてたんですか？
男4　象がケンタロウくんに話しかけることの方が多かったですけどね。二対一ですから。もちろん象だけじゃありません。檻が近いのでたまたまマルやカンコと話す機会が多いだけで、右隣のサイのトシオや左隣のタヌキのマリアンヌや、もっと奥に

男5　いるゴリラのミハエル兄妹やその右隣のキリンの首蔵やアリクイの太郎、その向こうのライオンの茂平やシマウマのレイコや馬のウンニバーとだって、ちょっと声を張れば話すことはできるんです……

男1　お父様、ケンタロウくんは学校に来るべきだと思います……。

男5　その話は家内のいる時に三人だけでさせてください。

男4　来るべきです学校に……来て、人間の友達を作るべきです……

男5　いますよ人間の友達も。（と自分を示し）親友なんです。ケンタロウくん「ユウちゃんは首蔵の次に親友だ」って言ってくれてます。

女3　同年代のですよ。野球をしたりテレビゲームをしたり、時にはエッチな話をしたりもできる同年代の動物じゃない友達です。

男4　動物じゃないって、人間だって動物ですよ。

男5　よく言った！

男4　人間は他の動物とはまったく違います……！

女3　人間だけが違うみたいな言い方しないでください。みんな違うんですよ！　それぞれみんないいところがあるの！

女3　それはそう思います。

男4　（女3に）だろ！（男5に）トン吉たちに言いつけますよ！
男5　どうぞ言いつけてください……！
男4　いいんですか豚社会の裏切り者と呼ばれても！
男5　呼ばれません！　豚には私を豚社会の裏切り者と呼ぶ能力はないんです……！　思ったとしても呼べません、呼べたとしてもそれはあなたやケンタロウくんが呼べたと思い込んでるだけです！　本当に呼べるのは人間だけ、唯一人間だけなんです！　人間万歳！
女4　九官鳥は？
男5　なんですか？
女4　ウチの九官鳥だって呼べますよ。よく教えれば。ですからあなたのことを「豚社会の裏切り者」って。
女3　インコやオウムだって呼べますよね。「豚社会の裏切り者」って。
男5　私はそういう話をしてるんじゃないんです。
女4　（唐突に）あっ！（と、驚き玄関に去る）
男4　（それを見て）ああいう人なんだよ。
女5　動物界で唯一、人間だけが生まれて来る時に泣くんだよ……

男5 ……。
女5 人間の赤ん坊だけが延々苦痛の声をあげつづけるんだ……苦しいからさ……苦しくて苦しくて仕方がないからだよ……なにか構造上の欠陥があるんだねきっと……人間て動物は幸せになれないんだ……幸せに向いてないんだよ、そう作られているんだ……

女1と男3が来ていた。

女5 （男3にやさしく）おかえり。みんなおまえのことを待っていたんだよ……。
男4 おかえり。
女3・女4 おかえりなさい。
女1 お待たせしてすみません……。
女5 （女1に）何してたんだいあんた。
女1 （やわらかく）ケンタロウと大事な話をしてたんです。
女5 どうせまた妙なこと吹き込んだんだろう。
男1 かあさん。

女5　(男3に)　もうこんな女についていくんじゃないよ。
男1　かあさんそういうこと言うのはやめてください……。
女5　(男3に)　この間魔女のお話をしてあげたろ。あの魔女っていうのは誰のことだと思う。
男1　かあさん。(男3に)　ほら、サクライ先生だ。新しい家庭教師の先生。
男3　(女3を見る)
女3　こんにちは。よろしく。
男3　(無言で一礼)
男4　ケンタロウくん。

男3、男4を無視するように離れる。

男4　……ケンタロウくん、ウンニバーがね、
男3　帰れ！
一同　……。
男3　もう会わないって言ったじゃないか！

男4　だから、違うんだよ。
男3　帰れってば、おかあさん追い出してよこいっ！
男4　こいつって言うなよ。カンコは食いしん坊だから、俺が何度言ってもすぐに目を盗んで
男3　カンコのせいにするな！
男1　ユウちゃん帰った方がいいよ。
男4　……。
男3　帰らなかったら動物達にユウちゃんのことやっつけろって言うからね……。みんなユウちゃんのせいだって言うからね……
男4　（力なく）俺のせいじゃないよ……
男3　殴るぞ。
男1　帰った方がいいよユウちゃん。
男4　……。（振り返り）また来るから。

男4、返事を聞かずに去って行った。

男3　（その背に）二度と来るな！

　　短い沈黙。

女1　サクライ先生、お願いします。
女3　（呆気にとられていたが）あ、はい。
女1　ケンタロウお部屋に案内してあげて。
男3　こっち……。（と階段へ）
女3　ありがとう。
男5　ケンタロウくん。
男1　ケンタロウは関係ないでしょう。
男5　（答えず、男3に）ケンタロウくん、キノシタです。わかりますか、担任のキノシタです。
女1　ケンタロウに話しかけないでください。
男5　いじめられるのがこわいですか。いじめられるのがこわくて学校に来れないんですか。

女1　やめてください！

男1　（男5を男3から遠ざけようとして）聞こえませんでしたか、この子の母親が話しかけるなと命令しているんです。

男5　（たとえば、羽交い締めにされながらも）ケンタロウくん、君は自分には責任がないと考えているのかもしれませんが、君の方にだって問題があるんです。あるに違いないんです。

男3　（女3に）行こう。

女3　（躊躇して）……。

女1　行ってください。

男3、女3、階上へ——。

男5　（その背に）待ってください。ケンタロウくん、こんな環境からは抜け出さなくてはいけません！　動物は人間とはと違うんです！　ケンタロウくん！

二人、行ってしまった。

男５　……。
女１　ケンタロウはいじめられてばかりではありません……あのコはそんな弱い子じゃないんです……。なにを飲まれたんです？
男１　コーヒー。
女１　ぬるくなってしまったでしょう。おかわりお持ちします。（男１に）その方がいいですよね？
男１　……うん。

女１、キッチンへ。女５が出て行こうとする。

男１　かあさんどこ行くんです。
女５　散歩だよ。
男１　駄目ですよ出歩いちゃ。目眩《めまい》がするんですよね。
女５　あたしがいない方が都合がいいんじゃないかと思ってね。
男１　どういう意味ですか。（と女５の腕を掴むような）

女5　少し外の空気を吸いたいんだよ。遠くにはいかないよ……。離しとくれ。

男1、手を離し、女5、去って行く。

男1　（その背に）気をつけてくださいよ……かあさん……

女5、立ち止まったらしいが、観客には見えない。

男1　トシエはかあさんのことが好きですよ……いつも気にかけてます……。だからもう少し……

女5、行ってしまったらしい。

男1　……。

男5　（少し落ち着いていて）お騒がせしてしまって申し訳ありません。

男1　いえ……。

男5　つい高ぶってしまいました。こんなこと滅多にないんです。人間万歳なんて叫んだのは今日が初めてです。

男1　あまりね、叫ぶ機会もないでしょうし。

男5　（否定的なニュアンスをもって）動物は……。（と呟き、）教え子が犬に噛み殺されたことがあるんです。

男1　……。

男5　教師になったばかりの頃です……遠足で行った公園で。生徒の何人かが犬と戯れているなとは思ったのですが、飼い主もついていましたし、人なつっこい犬だったので噛むだなんて考えもしませんでした……。不意に泣き声が聞こえてきて、見た時にはもう血だらけです。さっきまで生徒達のホッペタをペロペロとなめていたそのチワワがものすごい形相でうなっていて。

男1　チワワ!?

男5　チワワです。

男1　チワワに噛み殺されたんですか？

男5　ええ。私動物のことはあれなんですけど、チワワってあれ、噛みつく時、顎の関節がはずれるんですね、ガクガクって。ですからより大きな獲物を飲み込めるように。

男1　それはヘビじゃありませんか？

男5　ヘビ？

男1　顎の関節がはずれるのは。

男5　ヘビですかあれ……。

男1　いや、その犬がヘビだったと考えるよりは、顎のはずれたチワワだったと考える方が現実的だとは思いますが……

男5　（考えるのをやめて）ともかく動物は……（と首をふる）

女1がコーヒーを二つ持って来る。
一つのカップは、なぜか黄色い。

女1　お待たせしました。

男5　すみません……（と黄色ではないカップをとろうと）

女1　いえ、黄色い方を。こちらは主人専用のカップなんです。

男5　ああ……。（と黄色いカップを取る）ケンタロウくんは女1　少し落ち着いてからお話ししませんか？　また冷めてしまいます。

男5　はい……

女1　どうぞ。

男5　いただきます……。

S.E.と共に前面のパネル（家の壁面）が降りてくる。（カーテンは閉まっていて中は見えない）

2

男6が現れる。

男6　（観客に）二時間が経過したことにしてください。ここにもう一組の夫婦が登場します。

男2と女2が来る。

女2　やっぱりオバタさんのお宅のお隣ですよ。

男2　ああそうかい。

男6　（少し離れた場所から）あの子と同い歳の男の子の父親と母親です。手前が父、あ、いや、手前が母親、奥が父親です。

女2　（少し前に男6に気づき、男2に）なにかしら……

男2　いいよ、関わるのはよしなさい。

女2　だけど見てくださいあの目。明らかにあたしたちに興味をもってますよ。

男2　だからこそ私達は興味をもっちゃいけないんだよ。

女2　あの上着なんでしょう、何色かすらわかりませんよ。

男2　群青《ぐんじょう》色だよ。

女2　ああ……（靴を見て）あの靴。

男2　（遮って）ファッションチェックしなくたっていいじゃないか。行こうよ。

女2　ですけどお約束した時間までまだ五分ありますよ。

男2　「時計が五分進んでました」って言えばいいじゃないか。ほら行こう。

男2が引っ張るので、女2行こうとする。

男6　あなたたち。

男2、女2、ビクリとして立ち止まる。

女2　呼んでます。ついに呼ばれたんです。

男2　（止まったまま）いいから行こう。

女2　駄目ですよ。あたしたちもう呼ばれちゃったんですから。

男2　「聞こえませんでした」って言えばいいじゃないか。

女2　でも、あたしたちが「聞こえませんでした」なんて言ったらあの人きっと「なにがですか？」って聞きますよ。

男2　そうしたら「聞こえなかったからわかりません」って言うんだよ。

女2　あの人は「なにがですか」って聞きますよ。

男2　私たちは「聞こえなかったからわかりません」って言うんだよ。

女2　あの人は「なにがですか」って聞きますよ。

男2　私たちは「聞こえなかったからわかりません」って言うんだよ。

女2　あの人は

男2　そんなことしてたら私達は永遠にここから逃れられないじゃないか！　どうして会っちゃったんだあんな人に！　そうこうしている間にあと三分だよ。

女2　八分ですよ五分進んでるんですから。

男2　本当は進んでないんだよ。
男6　あなたたち。
女2　(思わず) はい。
男6　私のことを気にしているならどうぞ構わず行ってください。
女2　……(男6に) 聞こえませんでした。
男2　それは聞こえていいんだよ。
女2　聞こえました。
男6　どうしてわざわざ「聞こえました」なんて言うんですか?
女2　(男2に) どうしましょう。
男2　知らないよ。
女2　お金を恵んであげましょうか。
男2　どうして!?
女2　どう見ても一文無しだからですよ。帰ってサチオに言えるじゃないですか、「おとうさんとおかあさん今日、あたしたちに興味を示した人にお金を恵んであげたのよ」って。ね、そうしましょう。
男2　だけど。

女2　五百円だけですから。早くしてください、遅刻しちゃうじゃありませんか。
男2　……。（しぶしぶ財布を出して中を覗く）一万円札しかないよ。
女2　そんなもの、おつりをもらえばいいんです。
男2　だって、九千五百円も持ってるわけないよ。どう見ても一文無しなんだから。
女2　だったら仕方ありませんよ。
男2　仕方ない？
女2　（男2の手から財布をとって一万円札を出し）あなた、失礼かとは思いますけど。
男6　はい!?
女2　受けとってください。
男6　……。（ゆっくりと札に向って歩み寄る）
男2　どうしてそんなことするんだよ……。
女2　あたしたちにこうした余裕があるってことがわかればサチオは安心します。そうじゃありませんか？
男2　そうかもしれないけれど。

男6が札を受け取ったとたん、女2は走り去る。

女2　さ、行きましょう！　遅刻します！

男2　（後を追い）なんだよ急に！

女2　惜しくなる前に忘れるんですよ。

そこには一万円札を手にした男6だけが残された。

男6　怒れる者嘆く者、悲しみに我を失った者たちよ、怖れるなかれ……すべての人々に等しく屋根となる青い空と糧となる黒い土の恵みを等しく与えん……。あの者達は……選ばれし人間だ……。

男6、一万円札をポケットか懐にしまうと、女2、男2の後を追う。

女5が、その様子を見ていたかのように現れ、少し佇んでから、去る。

パネルが上がってゆく。

ソファーで向き合っている二組の夫婦。言うまでもなく男2・女2と、男1・女1の夫婦である。

女2 （なにかの書類を手にして）一応、書面にさせていただきました……オバタさんの奥様にそう勧められたものですから……読みあげますね……「五月十二日、十七時三〇分頃、駅前東公園において、口論の末にサトウケンタロウくん、十一歳は、棒で武装し、私共の息子スズキサチオ十一歳の顔面を殴打した。この行為の結果」

男1 え？　棒でなんですか？

女2 武装です。「棒で武装し」

男1 武装……。

女2 ごめんなさい、ヘンでしたか？

男2 ヘンじゃないさ、ヘンではないけどちょっとおおげさなんじゃないかな。

女2 じゃ、「棒を手に持ち」「棒を引き連れ」

男2 引き連れはヘンじゃないか。

女2 「棒をたずさえ」「棒をふりかざし」「棒を力強く」

男1 （遮って）「手に持ち」がいいですね。

男2 棒を手に持ち。

女2　はい。(直して)「棒を手に持ち。顔面を殴打した。この行為の結果、スズキサチオの上唇は大きく腫れ、スズキサチオの前歯二本が折れ、スズキサチオの前歯の損傷は神経にまで及んだ」

男1　それ、いちいちスズキサチオはって書く必要なくありませんか。殴ったのはウチのケンタロウなんですから。歯が折れるのは当然お宅の息子さんです。

男2　たしかにおっしゃる通りだよ。ケンタロウくんが殴ったのにケンタロウくんの歯が折れるわけないんだから。もっとも世の中不思議なこともあるものでね。地球の対称の土地にある兄弟が住んでいてね。兄弟のひとりが風呂に入ったら、もう一人の体が突然きれいさっぱりしたっていうんだ。

女2　でもほんと、駅前東公園は人が多いから、あれだと思ってましたのに。オバタさんの奥様もそう言ってました。図書館裏南公園と違って、駅前東公園なら安全だと思ってたって。

男2　ええ、ホントに。図書館裏南公園は駄目ですが、駅前東公園なら大丈夫だと考えてました……。

女2　ですけど、感情的になったところで、ねえ。

男2　そうだよ。

女2　何も得るところはありませんから……。

女1　今日はわざわざありがとうございました……。

女2　いいえ、子供たちはうまくいかなくてもね、私共は……一緒にやっていく知恵はまだありますからね……

男2　そうそう。

女1　神経を痛められたとおっしゃいますと、歯の方はどうなるんですか？

女2　見通しがつかないんです……こう、歯ぐきがえぐれてしまって、その下の肉が全部ベローンとむき出しになってしまって、そこから神経がウネウネッと出てしまって、とかそういうことではないんですけど……。

男2　少しだけむき出しになったところがあるんですね。

女2　むき出しになった部分もあれば中に残ってる部分もあるんです。（女1に）笑っていらっしゃいます？

女1　はい？

女2　いえ……ごめんなさい、今笑っていらっしゃるのかと。

女1　いいえ私笑ってなんか……。

女2　ごめんなさい。最近私目が。見間違いが多いんです。ついこの間もスーパーでね、向こうからオバタさんの奥様らしき人が来るんです。「あ、オバタさんの奥様だ」と思って挨拶をして夏祭の寄付金のお話をしながら一緒にレジを出て、お茶でもしませんかって言って、（男2に）ほら、レスポアールってあるでしょ、喫茶店、あそこに入って飲み物注文してふと前に座ってる人を見たら

男2　オバタさんじゃなかったのかい。

女2　オバタさんですよ。そんな、スーパーから一緒にいたんですから。違う人だったらいくらなんでも気づくじゃありませんか。

男2　だからびっくりしたんだよ。

女2　この人あたしのことをバカだと思ってるんです。

男2　思ってないよバカだなんて、バカ。だって、じゃあどうしてそんな話をしたんだい。オバタさんがオバタさんだったって、どうすればいいんだい私たちは。なんなんだよそれは。

女2　なにげない日常じゃありませんか。

男2　なにげない日常？

女1　わかります。

男2　わかるんですか？

女2　ですよね。だいたい話はまだ終わってないんですから。
女1　どうしたんですか？　ふと見ると？
女2　オバタさんの向こうに矢沢さんがいる、と思ったら違う人だったんです。あたし思わず「矢沢さん」て呼んでしまって。
女1　わかります。
男2　わかりますか。
女2　そしたら驚いたのが、その人返事をしたんです。「はい」って。

短い間。

男2　矢沢さんだったってことかい？
女2　矢沢さんだったの。
男2　矢沢さんじゃなかったって言ったじゃないか。
女2　だから二度見間違いをしたんです。
男2　二度？
女2　矢沢さんだと思った見間違いと、やっぱり矢沢さんだった見間違いですよ。

男2　……。

女1　わかります。

男2　わかりますか。本当に？

女1　目はね、この歳になると。

女2　そうなんです。二度見間違えるほどあれだなんて。いつまでも十代じゃないんです。

男2　十代？

女2　ですから今のところは神経を殺す必要はないと歯医者さんが。しばらくは様子を見てみましょうって。

女1　はあ。

男2　それまではセラミックの噛み合わせ部分を作るんです。

男1　なるほど。

男2　十八歳になるまで義歯は入れられないそうで。

女2　成長が止まるまで駄目なんですって、義歯は。

女1　うまくいくといいですね……。

女2　ほんとに……。

不意に男2の携帯電話が鳴る。

男2 失礼……（電話に出て）ああ、待ってた待ってた……そう、今日の朝刊。（と内ポケットから新聞の切り抜きを出して読み）『オーストラリアの二人の研究者が中の丸製薬の血圧降下剤アントリルが神経に及ぼす深刻な副作用を実証した。副作用は聴覚の障害から運動失調に及んでいる』……うん……ゆうべは？　そっちのメディア対応は誰がやった？……ああ、厄介だな……再来週だろ株主総会。訴訟の準備間に合うかい。うん、なんとか頼む、うん、はい。（と一旦切ろうとしたが）あ、村田、村田！　またメディアが来たら今日のところはまだ、うん、うん、じゃまたかける。（と電話を切って）失礼しました……

男1 いえ……お仕事は？

男2 弁護士です。

男1 あぁ。

女2 （男1に）御主人は？

男1 レコーディング・エンジニアです。

女2　へぇ……。格好いいですね。なにか、（男1の頭を示し）あれなお仕事なんだろうなとは思ったんですけど。
男1　レコーディング・エンジニアです。
女1　それで、あの、これ、少ないんですけど。（と包みを）
女2　はい？
女1　治療費です。
女2　……いえ、そういうあれは。
女1　いえ、受け取っていただかないと。
女2　困りますから。
女1　困らないでください。
女2　そういうことで伺ったわけではありませんので。
女1　ですけど、こういうこと以外何も出来ませんし。
女2　（口調、不意に変わって）そんなことありません。
女1　……。
女2　すみません……だって……そんなことありませんよ……。
男2　おい。

女2　おいじゃなくて何か言ってください。
男2　すみません……。
女2　ケンタロウくんは、サチオに謝ったんでしょうか……。ですから棒で殴ってごめんねって。
男2　二人で話をさせたらいいよ。
女1　……あのコは
女2　謝ってないんです。
男2　ええ謝ってはいないみたいなんです。もちろんタイミングがありますからね。
男1　謝るぐらいなら殴らないでしょう。
女2　（ギョッとして）なんですか……？
男2　だからね、
女2　殴ったんですよ棒で。謝りませんか？
男2　違うよ。御主人はタイミングのことを言ってるんだ……だって、殴るなり謝るなんておかしいからね。（殴るマネをして）ごめんね！　ごめんね！　ホラおかしいだろう。
女2　おかしくないわ。謝りますよ、悪いと思ったら！

男2　うん、そうなんだけどね。
女1　ケンタロウはサチオくんには会いたがらないと思います。
女2　どうしてですか？
女1　会いたくないからです。
女2　あのコは……ケンタロウくんにやられたってことを言わなかったんです……言おうとしなかったんですよ。サチオは顔も歯もあんなにメチャクチャにされて、それでも口をつぐんだままだったんです……！
女1　（少し嬉しそうに）ケンタロウのことをこわがってですか？
男2　そうじゃないんです．あのコが言いたがらなかったのは、仲間に密告者呼わばりされたくなかったからなんです。
女1　い、い、呼わばり？
男1　あなた今密告者呼わばりって
女2　呼ばわりです。あげ足とらなくたっていいじゃありませんか。口がかわいたんです、この人は。そうでしょ？
男2　そうです。ですからあのコは、サチオはまわりの友達にですね、弱い人間だと思われたくなかったんです。

女2 あのコは友達がたくさんいるんです。あなたさっきから何をニヤニヤしてらっしゃるんですか？

女1 してませんよニヤニヤなんて。

女2 ……。

女1 してません。

女2 ならいいんですけど……そう見えたものですから。

男2 さっき申しあげたように、な、目が、あれなんです。

女1 わかりました。治療費はお渡ししません。それでよろしいんですね。

女2 （誠実に）お金がほしいわけではないんです。

女1 ですから差し上げませんと申しあげてるじゃありませんか。差し上げないんです、私達は。それ以上何を望むんです。

男1 違うんだよ。欲しいんだ、この人達は本当はお金が。だからホラ、サチオくんと同じで周りの目を気にしているんだ。本当はほしいけどほしいと言ってしまうと弱い人間だと思われてしまう。そう思いこんでるんだね。そのことを俺達にわからせるためにこの人（男2）はわざわざあんなことを、密告者呼ばわりについての話をしたんだよ。自尊心を傷つけられたくないんだこの人達は。つまりね、おまえは

「わかりました」と言ってそれを引っ込めるようなフリをしてだね、そっと気づかれないようにその人のポケットにそれを忍ばせるべきなんだ。

女1　むつかしいわ。

男2　何を言ってるんですかあなた達は……。仮にそうだとしても、いやもちろんそうじゃありませんけど、もし仮にそうだとしても、全部聞こえてましたからね今の。

男1　聞こえてなかったフリをすればいいじゃありませんか。

男2　今からですか？　たった今聞こえてたと言っちゃったのに？

男1　聞こえませんでした。（女1に）聞こえなかっただろおまえも。だからこの人が聞こえてたって言ったのがさ。

女1　聞こえませんでした。

男2　……。

女2　（男2に）するんですか？

男2　なにを。

女2　聞こえてなかったフリですよ。

男2　しないよ。

女2　いいんですよ。したかったらしていただいても。

男2　しないと言ってるじゃないか。どうしてそんな悲しそうな目をするんだ。
男1　（女1に、小声で）今だ。

女1、男のポケットに金の包みを入れようとするが、包みが大きすぎて手まどる。

男1　何をやってるんだよ。忍ばせるんだよ。それ全然忍ばせてないじゃないか。
女1　忍ばせづらいんですよこのポケット小さくて。（男2に非難がましく）何が入ってるんですかこれ。
男2　携帯電話です。
女2　やめてください！　ポケットが小さいんじゃなくて包みが大きいんです。（男2に）あなたもどうして携帯を出して入れやすくするんですか。
男2　そういうあれじゃないよ。
女1　（包み、ようやくポケットに押し込み）忍ばせました。
男1　うん。
女2　やめてください！（と女1に金を突き返す）私達はこんな、ゲームのようなことをしにきたんじゃないんです。落ち着きましょう！　落ち着いて子供たちの話をしませんか!?

男2　それにはまず君が落ち着こう。

女2　落ち着いてます！

男2　ならいいんだよ……

男1　一体どうされたいんですか。

女2　ですから子供達同士で

男2の携帯が鳴る。

女2　……。

男2　(男1、女1に）出ませんと……（出て）村田？　どうした。うん……うん……だからそれには答えちゃ駄目だよバカ！　問題がでかくなっちゃうだろう！　まだ駄目だって……うん……うん……（顔色急激に曇って）え……？

男1・女2　？

男2　え……うん……それどういう意味、運動失調？　え、通常の服用量で？（絶句）

一同　……。

男2　……あ、すまん。それいつから分かってたんだ……え、でその時から回収してないの……!?　なんだよそれ……どのくらいになんの？　数字だよ。（意気消沈して）うん……うん……分かった……分かったらすぐかけて……。（切る）

男2、電話を切り、また別のところへ電話をかける。

女2　やめてください、あとでいいじゃない。

男2　うん、すぐだから……（携帯に向かって）曽根くん？　聞いたか……うん……二年前だってさ、二年前からわかってたんだって、うんそう、危険は認識していたんだけど会社の不利益になる措置はいっさいとられなかったそうだ……いや予防措置も一切なし。準備金もないそうだ。年次レポートにもそういったことには一切触れてない……よろよろするんだってさ……うん三半規官なのかな、平衡感覚があれして酔っ払ったみたいに……（不意に）年商百億超えてるんだぞ、反論する権利がほしいなんて、バカなこと言ってるよ。……うん……向こうからかかってくるから……ほいほい、ほーい。（電話を切って）すいません。

男1　大変ですね……。
女2　すみません……（男2に）お願いだから電話にはもう出ないでください。
男1　いや、そうもいかないんでしょう。一介のレコーディング・エンジニアにはよくわかりませんけれど。
男2　そうなんです、いろいろあれで……
女2　それで
男1　（遮って）薬がどうかしたんですか……？
男2　ええ、まあちょっと。
女2　子供達も
男1　（遮って）なにか、副作用が見つかったんですか。
男2　ええ、まあ珍しいことじゃないんですよ。
男1　中の丸製薬とかおっしゃってました？
男2　え、ええ……
男1　たしか病院におろしてる会社ですよね。
男2　ええ、市販はほとんど。お詳しいですね。
男1　運動失調っていうと？

男2　いえ、たいしたことないんですよ、飲んだ人間の体質や体調にもよりますし……

女2　二、三そうした例が見つかったかもみたいなあれでしてね。

女1　(女1に)ケンタロウくんは今いるんですよね……。

女2　勉強中です、家庭教師さんに来てもらって。

女1　何時までですか？

女2　どうしてでしょう？

女1　終わる時間にサチオを連れてきます。

女2　会いませんよケンタロウは。

女1　会ってしまえば話すと思います。

女2　終わるのは遅いので。

男2　じゃあ明日の夕方連れて来ます。

女2　うん。

男2　学校が終わったらすぐに、もちろん私達も。

女2　私達って私も？

男2　そうですよ。

男2　どうして。

女2　父親がいた方がいいでしょこういうことは。
男2　無理無理、そんな時間に出られないよ。
女2　なんとかしてください。
女1　会わないって言ってるんです。
女2　どうしてですか……!?
女1　ですから
女2　奥さん、冷静になってよく考えてください……子供たちのためなんです……被害者ですよウチのサチオは。被害者の方からわざわざ出向かせて頂くって言ってるんです……今日だって本来なら……本当だったらあなた方の方からあれしてくださるのが筋なんじゃありませんか……?
女1　おっしゃってることの意味がよく……
女2　……。
男2　いいよ、今日のところはもうおいとましよう。
女1　そうですか?
男2　お邪魔しました。(女2に)私村田とおち合うから君先に帰っててくれ。
女1　おかまいも致しませんで。

女2　(男2に)あなた、サチオの顔を見なかったんですか?

男2　え……

女2　顔ですよ……メチャクチャに潰されたサチオの顔です……! 鼻も口も血だらけのサチオの顔です!

男2　見たよ……だって一緒にいたろ。

女2　あたしが一一九番に電話しようとしたらあのコ、「どこに電話するの? 学校には言わないでね、キノシタ先生にはないしょにしてね」って……! 歯の折れた口で、腫れ上がった唇で……「大丈夫だから」って、「僕は大丈夫だから」って、

男1　じゃあ大丈夫なんでしょう。

女2　あなたは黙っててください! サチオの気持ちを考えてあげてください!

男1　考える必要ないですよそんな。

女2　……

男1　大体サチオって名前が駄目だ。

女2　(ギョッとして)なにがですか……!?

男2　あなた、それはちょっと

女2　サチオの何が駄目なの!? 幸せな男と書いてサチオです!

男2　私がつけたんです！

女2　もちろん私も考えました！

男2　そう、一緒にな。

女2　二人で一緒に二週間も考えたんです。たくさん候補出して。

男2　ええ、もうズラリと。

男1　もういいですよ。

女2　なにがいいんです！　サチオのどこが駄目なのかハッキリ言ってください！

男2の携帯電話が鳴る。

女2　やめて！　出ないで！

男2　（女2を見るが、何も言わずに出る）村田？　うん……うん……ダメだよ今さら回収なんて……回収なんかしたら認めたことになるだろう……被害者のことなんか株主総会が終わってから考えればいいんだよ。んな、まっすぐ歩けなくなった奴が三人いるだけだろ？　うん……目の前がオレンジ色？　キレイでいいじゃないか、チカチカするぐらい被害のうちに入らないよ……。ともかく株主総会だ。株主総会

女2 が済むまで何も言わせちゃ駄目だ。(男2の台詞にかぶって) あなた切って! 電話を切って!

男1、不意に立ち上がって二階へ——。

女1 なんですか?
男1 すぐ戻る。
男2 今ちょっとあれだから。折り返す。うん。うん。(電話を切る)
女2 (嗚咽しながら) 切ってください……!
男2 切ったよ……! 切ったろ……!
女2 もう電話はしないで……
男2 (女1を気にして) なんだよ……どうしたんだ……しっかりしろよ……! 切ったよ! ホラ!
女2 ……。
男2 すみませんホントに。
女2 謝らないで!

男2　（女1に、妻のことを）すいません。なんか最近おかしくて。
女1　お紅茶おかわりいかがですか？（と二人の飲みさしを片づけ始める）
女2　結構です。
男2　ええ、もうお暇しますんで。
女1　少し落ち着かれてからの方がよろしくありません？
男2　いや、でも
女1　おかわりお持ちします……主人も今すぐ。

女1、キッチンへと去る。
そこには、男2と女2が残された。

男2　大丈夫か……。
女2　ごめんなさい……。
男2　（女2が窓の方を気にするので）なに？
女2　今誰か窓から覗いてなかった？
男2　え？　覗いてないよ。気のせいだ。ここのウチは駄目だよ……明日にでもキノシタ先生に相談しよう……

女2　駄目よ、サチオが学校には言わないでほしいって

男2　そうだけど、ラチがあかないよ。キノシタ先生なら熱心だし、何かいい知恵があるかもしれないじゃないか。なにしろ教師だよ。教師っていうのは我々には計り知れない力をもっているものなんだ。

女2　そんな力があるようにはまったく見えませんよ。

男2　だからね、そう見えないように気をつけてるんだよ。ひけらかしているように思われると嫌味ったらしいからね。

女2　計り知れない力をですか？

男2　そうさ。な、そうしよう。

女2　どんな力なの計り知れない力って。

男2　それはわからないよ、計り知れない力なんだから。計り知れちゃったら力の方だって立場がないじゃないか。

女2　弁護士ね……。

男2　え？

女2　弁護士よあなたは。

男2　弁護士だよ。なんだい今さら。駄目なのか弁護士じゃ。君、結婚した日に「あたし今日から弁護士の奥さんなのね」って言ってたろ。

女2　何かしら。

男2　え？

女2がソファーの下から何かを発見したのだ。

女2　何か落ちてる。（と拾おうと）

男2　いいよ。ほっときなさいよ。

女2、カードのようなものを拾い上げて

女2　これ……。

男2　なんだい。

女2　キノシタ先生の免許証……。

男2　え……。

女4が、後方から声をかける。

女4　スズキさん。

女2　（ビクリとして）オバタさん……！

女4　（窓を指して）さっきから覗いてたんだけど、（何か呼ぶようなポーズをして）こうやってもこうやってもこうやっても気づかないから、バカバカしくなって入って来ちゃいました。

女2　ほら、やっぱり。

男2　（面喰らいつつ）ああ……こんばんは。

女2　お隣なんですね。

女4　そうなんです。

男2　今サトウさんの奥さん、

女4　大丈夫です、さっき一度来て……。

男2　（今ひとつ釈然としないまま）ああ……。

女4　（女2に）泣いてらしたように見えたからどうしたのかと思いまして。

女２　え……。
女４　泣いてらしたでしょ。見てたんです。
男２　いや、
女４　泣いてましたよ。（どこか責めるように男２に）泣くようなことをしたんじゃないですか御主人が。
男２　はい……？
女２　（制して）オバタさん。
女４　なにスズキさん。
女２　なんでもないんです……主人は何もしてません。
女４　（男２に）御主人ね、私も涙が出てきますよ、（女２を示し）いじらしくて。この間もスーパーで偶然奥様とお会いしましてね、私一方的に喫茶店にお誘いして一方的にまくしたててしまったんですけど……。
男２　何をですか？
女４　何をかお知りになりたいです？
女２　オバタさん。
女４　（女２の目を見据え）奥さん、お気持ちはわかりますけど、女2　私は幸せなんです……。
女4　……でも泣いてらしたわ。
女2　うれし泣きです。
女4　……。
男2　(笑いまじりに) なんだって言うんだ。気になるじゃないか。
女4　なにか心当たりがあるから気になるんじゃありませんか?
女2　(遮って) オバタさん。
女4　わかりました……。
男2　心当たり?
女2　あなたもいいじゃない。
男2　ん、うん……。
女2　(男2に) お暇しましょうか?
男2　うん、でもいま奥さんが紅茶を
女2　オバタさんが飲みますからいくらでも。
女4　いくらでも?
女2　私声かけてきます。

男2　うん。
女2　(行きかけて、女4に) オバタさん。
女4　はい。
女2　私幸せですから。
女4　はい。
男2　じゃあ私はちょっとトイレをお借りして……。
女4　あ、こちらです。

女4、男2を階段下のトイレへ案内する。

女4　ちなみに大ですか小ですか?
男2　はい?
女4　ちなみにです。
男2　……。
女4　大?
男2　じゃあ大。

女4　わかりました。ごゆっくり。

女4、トイレのドアを閉めると声をひそめて女2を呼び戻す。

女4　奥さん、奥さん……！
女2　（戻って来て）なんですか……？
女4　（小声で）あの……驚かないでくださいよ。奥さんの幸せに水をさすようでホントあれなんですけど、
女2　……なんでしょう。
女4　あたし見ちゃったんですよ。
女2　それは見間違いですよ……。
女4　（小声で）なにを見たか聞いてから判断しません？
女2　私達ぐらいの歳になると誰にでもあるんです。この間もそうでしょ？　矢沢さんの奥さんは結局矢沢さんだったんですからね……
女4　（小声で）あたし目はいい方なんです。御主人女と会ってます。
女2　奥さんサチオって名前どう思います？　スズキサチオ。

女4　（小声で）女と会ってるんですよ。若い女です。それもお茶とか映画とかそんなあれじゃないんです。

女2　主人と二人で考えたんです……あの時はもう、話すことと言えば名前のことばかりで。

女4　（小声で）いかがわしいホテルから出て来たんですよ！　私見たんですから！　やっぱり噂は本当だったんです！

女2　最初にサチオがいいんじゃないかって言ったのはあたしなんです。最終的に選んだのは主人ですけど。どうですか、スズキサチオ。幸せな男と書いてスズキサチオです。

女4　（小声で）奥さん！　御主人が若い女と浮気をしてるんです！　奥さんに隠れて浮気をしてるんですよ。しかも驚かないでくださいよ、その女っていうのが、

女2　どうなんですか？　奥さんはどう思われるんですかスズキサチオ？

女4　（おざなりに）アリだと思います！

女2　アリ？　アリってなんですか？

女4　（おざなりに）イケてます！

女2　イケてる？

女4　(小声で) 奥さん聞いてください！　あたしは奥さんのためと思って、なにも興味本位であれしてるんじゃないんです！　その女がね、

トイレを流す音。程なく男2がトイレから出て来る。

女4　(男2を咎めるように) 大だって言ったじゃない！
男2　え？
女4　大なんでしょ！
男2　(口ごもりながら) 大ですよ……
女4　大ならもっともっと時間をかければいいじゃないですか！
男2　はい？
女2　(男2に) あなた、オバタさんがね、サチオっていう名前がとても素敵だって。
男2　ああ……そう。
女2　バランスがいいそうよ。だから、名字と名前の。
男2　ああ、そうですか。

女1がお盆に紅茶とケーキを二つずつ持って来る。
カップは、二つとも、例の黄色いカップである。

女1　あ……。
女4　いくらお呼びしてもあれだったものですから。
女1　え。
女4　玄関から。
女1　(やや動揺した様子で) そうですか……。
女4　すみません。
女1　いえ、こちらこそ……。
女4　スズキさんの奥様とは知り合いなんです。
女1　ええ、そうですってね。
女4　そうなんです。でもまさかいらっしゃってるとは。
男2　奥さん、失礼します。せっかくあれして頂いたのに恐縮ですが。
女1　ケーキを切ったんですよ。
女4　あらおいしそ。

女1　手作りなんです。お紅茶ととても合うんです。
男2　せっかくですけど。
女1　……ちょっと見てみてください。
男2　いや、見てもあれなんで。
女1　見れば食べたくなると思うんです。見て、においを嗅げば。
男2　いやいや、見てにおいを嗅ぐぐらいなら頂きます。今日は家内もあれですし、私も仕事が。
女4　(ケーキを見ながら女1に)　私なんかにおいも嗅いでいないのに食べたくなってます。
女1　(男2に)　じゃあ紅茶だけでもグィっと。
男2　いやグィっとは。
女1　せっかくお淹れしたのにですか？
男2　(困惑して、女2に)　どうする。
女4　誰かが頂けば問題はないと思うんです。
女2　(女1に笑顔で)　今日はお暇します。申し上げておきますけど、ケンタロウくんが一言謝ってくれれば、サチオは「うんいいよ」と言って笑って許してあげると思います。もっとも笑った時前歯が二本ありませんけど、それでも許してあげると思うんです。サチオは「えっ！」って言うぐらい心の広い子なんです。ただしもしケンタロウくんがサチオに謝る気がないというのなら、ケンタロウくんは大切な友達を一人失うことになります。もちろんサチオも同じことですけど、サチオにはさっきも申し上げたようにたくさん友達がいるんです。二、三人減っても気づかないぐらいたくさんです。ケンタロウくんとは違うんです。よくお考えになってください。また連絡させていただきます。

女1　たくさん喋ってのどが渇いたでしょう、お紅茶を

女2　行きましょう。

男2　うん。失礼します。

女2　お邪魔致しました。あ、これキノシタ先生の免許証。

女1　！

女2　落ちてたんです。

女1　（受け取って）……。

と、この時、女3が階段の上に姿を見せる。

女3　（女1に）あの、

女4　（女3の姿を確認すると、仰天して女2を呼び止め）スズキさん！

女2　？

女3　ケンタロウくんが喉が渇いたと。

女1　今持って行こうとしてたところです。

女3　あ、持って行きます。（と女1が手にしていた紅茶を）

女1　（はねつけるように）これじゃありません……！

女3　ああ……

女1　お持ちしますから。戻ってて下さい。

女3　あ、はい。（女2、女4、男2に）お邪魔しました（と戻って行く）

女2　（男2に）どうしたんですか？

男2が、女3の登場に呆然としていたのである。

男2　いや、なんでもない……。

女4　スズキさん！

女2　（女4の言わんとしたこと、つまり件の「女」というのが女3であるということを理解したのだろうが、無視して）行きましょう。

男2　うん……。

女2　オバタさんまた。

女4　スズキさん……

女2　（女1に）失礼致します。（見送ろうとする女1に）結構ですから。

　　女4、去った女2と女3の方を交互に見ながら、まるで無意識のようにケーキを食い、紅茶をすする。

女1　（気づいて）……！

女4　あ、におい嗅いでたら知らないうちに戴いちゃってました。合いますね紅茶に。

女1　……。

　　薬の袋を手にした男1が、疲弊した様子で階上から来る。

男1　あれ……。
女4　あ、今。（と台所を指す）
男1　（カップに気づき）……それ、黄色ですよね。
女4　（確認して）黄色ですね。
男1　（溜息をついて）ったく……やりゃいいと思って……。
女4　はい？
男1　ここにいた御夫婦は？
女4　今お帰りに。
男1　（面倒くさそうに）あ、そうか。お知り合いなんですよね。
女4　そうなんです。なんかお疲れですか？
男1　吐かせたんです。
女4　ああ。（少しの間、あって）何を？
男1　薬です。
女4　ああ、へえ。そのシャツどこで買われたんですか？
男1　（不意に強く）ダメですかこのシャツ!?　そんなにダメですか!?

女4　ダメじゃないですよ。

女1がキッチンから、男3と女3の為の飲み物を持って現れる。

男1　(女1に、女4を指して) 何これねえ。何やってんの。
女4　はい？
女1　知りません。
男1　(薬の袋を) これ捨てといて。捨てないとおふくろまた飲んじゃうから。
女1　自分で捨ててくださいよ。今受け取ったらガシャァンてなっちゃいます。
男1　ガシャァンてならないように受け取れるだろ、工夫してさ。工夫すれば受け取れるだろガシャァンてならないようにさ工夫すればガシャァン (息がきれてブレスしてから) てならないように！

女1、工夫して薬袋を受け取った。

男1　できるじゃないか！

女1　……中の丸製薬なんですか？
男1　そうだよ！　胃腸薬ある!?
女1　あたし今
男1　（遮って）俺が胃袋まで吐かせたって言って怒ってるんだよ。吐かせてねえよ胃袋なんて！
女1　ありません。
男1　どうして！
女1　どうしてって、飲んでしまったからですあなたが。
男1　おまえおふくろのこと嫌い!?　死ねばいいと思ってる!?
女1　……。
男1　なに思ってるの!?
女1　（悲しそうに）あたしは魔女ですか……？
男1　魔女じゃないよ！　もし魔女ならいい加減みんなにバレてるだろう！　十五年だぞ結婚して！
女1　魔女じゃない……？
男1　（面倒臭くなったのか）じゃあ魔女なんじゃない!?　いいじゃないかむしろ便利

女4　で！（座って頭を抱える、あるいは突っ伏す）
男1　これはなに？　夫婦ゲンカ？
女1　（女4を指して、女1に）こういうのももう、どうなんだ……!?
女4　仕方ありませんよ。気がついたらもう飲み食いしちゃってたんですから。
女1　（そんなに問題だったのかと）ごめんなさい……
男1　スズキさんの御夫婦にはまた来て頂きます。言ってましたからまた来るって。
女1　……（少し自制して）気をつけないと……。
男1　……。
女1　後始末するのは俺なんだから。
男1　ごめんなさい……。
女4　いいよ……。
男1　片付けますよ自分で。もちろん洗います。
女1　俺はなトシエ、ケンタロウにはもう少し
男1　（語気、強くなって）ケンタロウのことはまかせてください。
女1　……だけどさ
　　ケンタロウのことには口を出さないで。

男1　（あきらめたのか）……わかった。
女1　持って行きます。（と歩き出して）あなたそちらお願いします。あたしがこれ持って行かないとケンタロウの喉がカラカラなんです。
男1　うん……。

女1、階上へと去った。

男1　（もう女1はいないのだが）わかったよ……。
女4　これ……。
男1　（女4を見る）
女4　もう一人分残しておいてもなんですよね……？

S.E.
照明が変化し、同時に家の壁面パネルが下りてくる。

3

パネルの動きに合わせて男6が現れる。

男6　（観客に）何日だか何週間だかが経過しましたってことでいいでしょうか。いいならそのぐらいのあれが経過しました。あの日は無口だったあのコも、少しずつですが落ち着き的なものをとり戻したようです、みたいなことでいいでしょうか。いいならとり戻しました。象のマルもひとりぼっちの生活に少しだけ慣れてきました、ってことでいいです。そしてここに55号があのコと一緒に来るってことでいいです。

男6、ひっこむ。

入れ替わるようにして、男3と女3が来る。

女3　（来ながら）だから豚っていう動物はね、うんこやおしっこをする場所とごはんを食べる場所と寝る場所、ね、この三つを自分でしっかり区別するの。

男3　詳しいね……。

女3　動物大好きだから。

男3　そうなんだ……。昔から？

女3　昔から。

男3　そうなんだ。

女3　そうなの。

男3　じゃあ知ってる？　カバの耳と鼻の穴って閉じたり開いたりできるんだよ。

女3　そうだよ。

男3　知ってた？

女3　（その問いかけに驚くように笑って）知ってるよ。

男3　どうしてだか知ってる？

女3　（サラッと）うん。（と答え、話をあっという間に切り替えて）豚ってよくキレイ好きだって言われてるじゃない？

男3　え。

女3　でも実はキレイ好きっていうよりもあれ本能的なものが大きいのよね。
男3　（やや釈然としないが）うん。
女3　だから敵に自分の巣を見つからないようにしなきゃっていうさ、わかる？
男3　うんわかる。ねえどうしてか知ってる？　カバの耳と鼻の穴。
女3　豚は自分じゃ汗かけないじゃない？
男3　うん。
女3　だから暑いと自分のうんこやおしっこ食べて体温下げるのよ。
男3　食べる？　かけるんじゃないの!?
女3　かけてって言ったじゃない。
男3　言った!?
女3　言ったよ。（おどけて、男3の耳を引っ張り）大丈夫か耳。
男3　（痛いのだが）大丈夫……。
女3　豚はね、
男3　もう豚はいいよ。

男2が来る。

男2　あ……いた……。

女3・男3　……。（女3は軽く会釈？）

男2は、女3に対しては、女2に対する時よりもほんの少しだけダンディーに見えなくもない。

男2　（女3を見つめて）元気そうだ……。

女3　はい？

男2　（女3に）来ちゃったよ……この前はビックリしたよ。……まさかこんなところで再会できるとは思ってもみなかったから……。「あっ」と思って声かけようと思ったけど、君も気をつかってくれてたみたいだし、俺も女房が一緒だったから、さすがにあれで……。

男3　（女3に）誰？

女3　知らない。

男2　（苦笑して）まだ怒ってんのか……いろいろ釈明したいことはあるんだよ。だけど携帯はつながらないわマンションは転居先不明だわじゃ、釈明しようにもしようがないじゃないか。
男3　(怪訝そうに) どちら様でしょう……
男2　(ほとんど初めて男3に目を移し) ケンタロウくんかい。サトウケンタロウ。いい名前だ。
男3　おじさんが名乗るまで僕は誰でもありません。
男2　(笑って) こりゃいいや。
男3　……。
男2　スズキサチオ知ってるだろう。
男3　(体を固くするような) ……。
男2　おじさん、スズキサチオのおとうさんなんだ。
男3　……!
女3　(男2に) お友達?
男3　(答えず) ……。
男2　そんな顔しないでいいよ。
男3　(弁明するように) サチオくんがカンコの悪口を言ったんです……カンコが弱い

者いじめするって、鼻で飛んでるハトを叩き落とすのを見たって言うんです。カンコがそんなことするハズないのに……！　カンコはすごく優しい子なんです。
男2　（さして考えもせずにことさら同意して）それはそうだよ。カンコがそんなことするハズないよ。（女3に）カンコって？
女3　象です。
男2　ああ。それは一〇〇パーセントうちのサチオが悪いな。釈明の余地なしだ。棒で顔を叩き潰されて当然だよ。
女3　（ものすごく驚いて）え……!?
男2　足りないぐらいだよ。今度ちゃんと謝りに来させるから……
女3　（男3に）ケンタロウくんなに。棒で友達の顔を殴ったの!?
男3　サチオくんがカンコの悪口を言ったんだよ！
女3　それはわかったけど棒で顔を殴ったの!?
男3　かあさんもホメてくれた……。
女3　（あくまでも男3に）棒って、鉄の棒!?
男2　木の棒だよ。鉄の棒だったらさすがにやり過ぎだ。だけど木の棒だからね。歯が二本ばかり折れて、ここらへんがグシャグシャっとなっただけだから。

女3　（やはり男3に）歯を折ったの!?
男2　カルシウムが足りないんだ。
女3　（非難するような目で男2を見て）……。
男2　家内が甘やかして好き嫌いを許したものだから。小魚食わせろって言ってるのに。
女3　本気でおっしゃってます？
男2　小魚？
女3　はい!?
男2　……いや……本気ってこともないよ……（苦笑して）なんだよその目は、怒るなよちょっとカミさんのことあれしたからって。
女3　はい!?
男2　子供のケンカだよ。（男3に）おとうさんとおかあさんは？
男3　父も母も留守ですけど。
男2　だろ。今チャイムあれしても誰も出なかったから。
女3　（そんなことより）ケンタロウくん、ちゃんとお詫びしたのそのお友達に。
男3　してないよ。しなくていいんだ。
女3　いいわけないでしょ！

男2　いいんだよ。

男3　(一気呵成に)なんだよ先生には関係ないだろ！　気に入らないことをされたら殴っていいんだ！　許せないことをされたら許さなくていいんだよ！　そうやって自分を守っていかないといつか潰されちゃうんだ！　おかあさんもおとうさんもいつまで僕のことを守っていられるかわからないんだから！　だからいざとなったら殺す覚悟で自分のことを守らなくちゃいけない！

女3　(男3の眼前で)殺す覚悟!?

男3　殺す覚悟だよ！

女3　殺してもいいっていうの頭にきたら！

男3　頭にきたらじゃない！　許せなかったら！

女3　殺す!?

男3　汚いなツバが飛んだじゃないか！

女3　許せなかったら!?

男3　そうだよ殺すんだ！　自分を守るんだよ！　いいんだよ殺したって！

女3、男3の頰を思い切り張る。

男３　！
男２　おい！
女３　ケンタロウくん本当にそんな風に思ってるの……!?
男２　子供なんだから。
女３　許せなかったら棒で殴っていい？　殺していい？　いいわけないじゃない。そうでしょ!?
男３　（頬を押さえたまま）……
女３　答えなさい。答えないと次グーで殴るよ。
男２　（止めて）よしなさい。殴っちゃいけないって言いながら殴ったりしたらこの子なにがなんだかわからなくなるよ。
女３　その殴りとこの殴りは全然違う殴りです。
男２　うんそうだけどどの殴りもあれだから、痛いから。
女３　歯が折れてこのへんがグシャグシャっとなるだけです。
男２　……。
男３　（ボソリと）本当は嫌だった……。

女3　え？

男3　本当は人を殴るのなんか嫌だったんだ……。

女3　……。

男3　サチオくんのことも、本当は殴りたくなんかなかったんだ……

女3　うん……

男2　充分だ。その気持ちで充分だよ。

男3　本当は言われたら言われっぱなしでいたかった。殴られたら殴られっぱなしで、落書きされたらされっぱなしで……全然平気なんだ。我慢してた方が全然楽なんだ。目をつぶって動物達のことを考えていればすぐに終わるんだ。先生の言う通り、一生我慢してやられっぱなしで死んでいく方が全然楽ちんなんだ……（微笑んでさえいる）

女3　（当惑して）待って待って。ケンタロウくん、そういうあれじゃないんだな先生が言ってるのは……

男3　いいんだよ。たいしたことじゃないんだから……毛虫を入れられたら入れられっぱなしで、蟻を飲まされたら飲まされっぱなしで、蜥蜴を（食べさせられたら）

女3　（遮って）ちょっと待って、蟻？　毛虫？　蜥蜴？

男2　(呆然と男3に) サチオは……ケンタロウくんに蟻を飲ませたのかい？
男3　サチオくんじゃないよ。蟻はユウイチくん、毛虫はオサムくん。蜥蜴はマキゴロウくん。サチオくんには上履きをトイレに捨てられたのとおしっこを顔にかけられただけ。
女3　おし……(絶句)
男3　あとは煙草の火を足の裏に……他はほとんどみんなでだから、サチオくん一人でやったわけじゃないんだ……。
女3・男2　……。
男3　(何を言うかと思えば) ごめんなさい……。
女3　ごめんなさい！
男2　(土下座して) ごめん！　本当にごめん！　ケンタロウくん！　許してくれ！
男3　マルにも怒られたんだ、「どうして放っておかないんだって、ケンタロウは大人気ない」って。
男2　いいんだよ子供なんだから！　大人気は大人のものなんだ！
男3　マルに言い返したらもう知らないって……マルとも険悪になっちゃった……
女2　平気よマルは。

男2　平気だよ。誰？　お兄さん？
女3　（なぜわからないかとばかりに）だから象です。
男2　象。

象が鳴く。

男2・男3・女3　……。
女2　（男3に）ね。（平気でしょ？　の意）
男3　怒ってんだよ……ユウちゃんとのことも、僕の方が悪いって言ってる……ユウちゃんに謝れって。
女3　……。
男2　おじさんはあいにく象のあれは不勉強でよくわからないんだけど、サチオにはよぉく言っておくから。それからきちんと謝りに来させるから。おとうさんとおかあさんにも
男3　（遮って）結構です……。父も母もそのことは知りませんから。このまま内密を通していただいて結構です。

女3　よくないよそういうの。
男2　そうだよ、そしてどうして君そういうこと言う時だけ敬語なの？
男3　ごめんなさい。
男2　いや、そうじゃなくて。
女3　（男3に）ケンタロウくんとりあえずお家入ろ。
男2　うんそうしよう。
女3　あなたもですか？
男2　え、だって誰もいないんだろ？
男3　二階に祖母がいます。
男2　祖母か……。
女3　あのぅスズキさんてあたしのお知り合いなんですか？
男2　え？
女3　あたしのことよく知ってるんですか？
男2　知ってるよ……それなりに……知ってるだろ、やめてくれよそういう冗談は。
女3　どういうお知り合いなんですか？
男2　どういうって

女3　覚えてないんです。
男2　（小刻みにうなずきながら）……忘れたいってことか……。
女3　そうじゃなくて、覚えてないんですよ。いろんなことを。
男2　いろんなこと……？
女3　ええ……。
男2　それって……
女3　怒ってる？
男2　え、
女3　あたし怒ってたんですか？
男2　なんで？
女3　だってさっき「まだ怒ってるのか」って。
男2　……本当に覚えてないの？
女3　覚えてないんです、ごめんなさい……。
男2　そう……いろんなことって、どこまで覚えてないの。
女3　どこまでって？
男2　だから、どこを覚えてない？

女3　（考えて）さあ。覚えてないんで。
男2　そうだよね。
女3　なにか私を怒らせるようなことをしたんですかスズキさんが。
男2　……特には。
女3　だって
男2　（遮って）じゃああれかな、君と食事した時に君が中華がいいって言ったのに
女3　（信じられないという風に）食事？　どうしてあたしとスズキさんが食事なんかしたんですか⁉
男2　（やや、気圧されて）……うん、
男3　恋人同士だったんですか？
女3　え⁉
男3　先生とおじさん。
女3　（あからさまに嫌悪して）やめてよケンタロウくん！　スズキさん奥さんも子供もいるんだよ！
男3　（あたりまえに）だから不倫だよ。
女3　ないない！（男2に）ありませんよね！　あたしそういう人絶対許せないもん。

男2 ないよ。（と言うしかなく）

男3 じゃあお二人はどういう御関係なのですか？

男2 え……だから……教会で会ったんだよ。

女3 教会で？

男2 毎週日曜日に教会にお祈りに来てた私と、やはり毎週日曜日に教会にお祈りに来てた君が「よくお会いしますね」みたいなあれで

男3 不倫関係になったんですか？

女3 （強く）だから違うって？

男2 帰りに公園で軽く話す程度だよ。

男3 え、公園で食事？

男2 お弁当を食べたんじゃないか。その時たまたまだよ。もちろんお互いが持ってきたお弁当を

男3 交換して

男2・女3 しないよ！

男3 だって、お弁当で中華？

男2 中華弁当。（男3に詰め寄って）ヘンか中華弁当、ヘンか？

男3　ヘンじゃないよ。なんでもいいじゃない勝手に食べなよ。
女3　食べるさ。
男2　あたしクリスチャンだったんですか……。
女3　熱心なね……。
男2　(冗談めかして)……あたし、神様らしいんです。
女3　え？
男2　神様らしいんですよ。神様にそう言われたんです。
女3　(呆気にとられるが)ああそう。
男2　そうなんです。
女3　女神……ってこと……？
男2　かな。だからあれですね。神様が教会通ってたんですね。
女3　ああそうなるね……。じゃああれだな。ちょくちょく拝みに来るか女神様を。
男2　え？
男3　ダメかい？　ダメならどっか別の場所で
男2　(不意に、吐き捨てるように)神様なんかいないよ。
男2　え。

男3　いないよ神様なんか。

男2　お……（女3に、冗談めかして）あんなこと言ってるけど。

女3　いないの？

男3　いないよ。

男2　うん、こんなところであれするには論点がだいぶ大きな問題になってきたから入ろうか。

男3　だから入ろうよ。

男2　入ろうよ。

男3　（部屋の中を見て）あ、おかあさん帰って来た。

男2　（ひどく焦って）え！　じゃあまた。

女3　はい？

男2　あ、新しい携帯の番号

女3　持ってません携帯。

男2　じゃあまた来る。

男2、逃げるように走り去る。

女1が上手もしくは下手の窓を開ける。

女1　（特に責める様子もなく）誰と話していたんですか？
女3　はい？
女1　今どなたかと話してらしたでしょ？
男3　先生の知り合い。五時までまだ時間があるから散歩してたら偶然会ったんだ。
女1　そうですか。（男3に）早く中に入りなさい。
男3　うん……。
女1　はいでしょ。
男3　はい……。

女1、窓を閉める。

男3　（うつむいて）ごめんなさい。
女3　（笑顔で）どうして謝るの？
男3　僕が学校でみんなにされたことはおかあさんには言わないで。

女3　……言わないよ……

ほんの数秒、ノイズ音が入り、照明が変化し、時間が跳ぶ。

次の女3の台詞の間にパネルが上がって行き、今まで外だった場所も部屋の中になる。

男3は下手手前の椅子に。

部屋の中では女1がソファーに座っている。

女3　（女1に）蟻はオサムくん、毛虫はマキゴロウくん、蜥蜴はユウイチくんにやられたそうです。そんなひどいことされて、ケンタロウくんが学校に行きたくなくなるのも無理ありません。そうよねケンタロウくん。

男3　（ふてくされているような）……。

女3　ケンタロウくんは私が言わないと約束したのに、舌の根も乾かぬうちに言っちゃってることに腹をたててるんだと思いますけど、なにしろ事態が事態です。お母様に伝えないわけにはいきません。（男3に）ケンタロウくんさ、あたしやなのよ、ケンタロウくんには「おかあさんには秘密にしてあるからね（なんならウィンクのひとつも)」なんて言っておきながらケンタロウくんのいないところでおかあさんに「(卑しい口調で) おかあさま、蟻はオサムくん毛虫はマキゴロウくん蜥蜴はユウイチくんです」なんて言うのやなの、コソコソしたくないんだ。

男3　蟻はユウイチくん、毛虫はオサムくん蜥蜴がマキゴロウくんだよ。

女3　ああ。

女1　知ってます。

女3　はい?

女1　ですからとっくに調べはついてるって言ってるんです。

女3　調べ?

男3　嘘だ……。

女1　嘘じゃありません。おかあさんあなたを見てればわかるんです。だからもう学校には行かなくていいんです。わざわざそんなウジ虫にたかられに行く必要はないんです。

女3　でも、それではなんの解決にもなりません。

女1　あなたはただの家庭教師です。火曜と金曜の五時から二時間半勉強を教えてくれればいいんです。

女3　こんな話を聞いてそういうわけにはいきません。

女1　（女3をしげしげと眺めて）あなたのことはとてもいいと思ったのに……ただ、いきなり嚙みつくようなところがあるのは最初からわかってました。陸のヘビはニョロニョロ進みながら舌をペロペロッとあれしたりして、「ああこの子はこれから嚙みつくつもりだなぁ」ということがわかるんですが、ウミヘビはいきなりくるんです。第一ペロペロッとしようにもウミヘビには舌がありませんから。

男3　（反論するように）あるよ舌、ウミヘビにだって。

女1　（女3に）ありますけどペロペロッとはやらないんです。

男3　やるよ、ただ海の中だから

女1　（遮って男3に）わかりました。（女3にきっぱりと）あなたはウミヘビみたいじゃありません。

女3　え、ごめんなさい今まったく話が……調べはついてるって、それで……

女1　それで？　もちろんこのままにはしておきません。いっぺんにというわけにはいきませんけど、順番になんとかするつもりです……。

女3　なんとかって、どうするおつもりなんですか？

女1　それは私達の問題ですから。

男3　（少し、強く）いいよなんとかなんかしなくて。
女1　なんとかしなかったらなんともならないんです……。
男3　なんともならないとダメなの？
女1　なんともならないことほどやりきれないことはありませんよ。あなたも大人になればわかります。
女3　まずは担任の先生に相談されたらいかがですか？　何てお名前でしたっけ、あの豚社会の。
女1　豚社会？
男3　キノシタ先生。
女3　キノシタ先生。こうしたことは学校側と協力してあれしないとダメだと思うんです。
女1　キノシタ先生は亡くなりました。
女3　（ものすごく驚いて）え……!?
男3　（女1を見る）
女3　だって、この間ここで比較的元気そうに……事故かなんかですか？
女1　さあ。そうしたことを詮索する趣味はないんです。

女3　いや、それはあたしもありませんけど……。人間いつどうなるかわかりませんね……。
女1　ですから相談できないんですキノシタ先生には……。
女3　たしかに相談できませんね……。
女1　ええ……（冗談っぽく）もし相談するとしたらあれですね、ある種の霊能力者を呼んで、
女3　ああ、イタコみたいな。
女1　イタコみたいな。
女3　（真顔で）イタコを呼んでまであれするのは得策とは言えない気もしますけど。昔テレビでおじいさんのイタコがマリリン・モンローの霊を呼んでいるところを観て以来、ああいうのはどうも好きになれないんです。
女1　（その様子に少し面喰らう）ああ。
女3　ええ。
女1　外人？
女3　イタコ？　日本人です。「あたしはモンローよ」とか日本語で言うんですよ、モンローの霊が。

女1　よくあるわね。
女3　あれ本当にマリリン・モンローの霊なんですかね。
女1　え……？
女3　いえ、なんかあやしいなと思って。ニセモノの霊なんじゃないですかね。シャネルの五番もわからないんです。
女1　ニセモノの霊というか、おじいさんだと思いますよ。
女3　え。
女1　ですからそのイタコの。
女3　え、おじいさん自身の霊ってことですか？
女1　いや、霊っていうか、おじいさん、（説明を諦めて）なんでもありません。
女3　むつかしいですね、霊の世界は。
女1　そういうことは覚えてるのね。
女3　むしろ忘れたいんですけど。いずれにしろ学校とは一刻も早く連携するべきだと思います。
女1　（女3を見据えて）ケンタロウにとってどうすることが一番いいか、私はわかってます。ちゃんとわかってるんです……

女3　……。
女1　そろそろ五時ね。
女3　小学校の教員をやっていた時、いじめを受けている生徒がいたんです。
女1　それがなんでしょう。
女3　私が担任していたクラスの、女のコです。
女1　ケンタロウは男の子です。
女3　ユカリちゃんという名前でした。
女1　ケンタロウはユカリという名前ではありません。
女3　わかってます。別の子の話をしてるんですから違うのはあたりまえなんです。理科の実験じゃないんですから条件は同じじゃなくていいんですよ。
女1　五時ですから。
女3　お願いします少しだけ聞いてください。少しだけですから。ユカリちゃん。タナカユカリちゃんの話です。
女1　サトウケンタロウの母親がタナカユカリの話を聞いてなんの得があるんでしょう!?
女3　少しですから。

女1　……五秒で済むなら。

女3　五秒じゃ無理です。

女1　早口で喋ればいいじゃありませんか。

女3　舌を噛んじゃいますよ。あと聞きとりにくいです。

女1　我慢します。

女3　（強く）すぐですから。

女1　……。

女3　ユカリちゃんはおとなしくて、とても優しい女のコでした……国語の成績がよくて、特に作文や詩を書くのがうまくて、本人もそれを楽しんでるようでした……。

女1　ユカリちゃんはどうして

女3　（遮って）ごめんなさい質問を聞いてる時間はないんです……

女1　……。

女3　あたしたち教師はユカリちゃんがクラスのいじめにあってるなんてちっとも知りませんでした……まったく気づかなかったんです……ある日、社会科見学で鉛筆工場に行きました……ユカリちゃんは新しい鉛筆をおみやげにもらってとても嬉しそうだった……きっと、その鉛筆でまた新しい詩や、日記や、作文を書くことを想像していたんです……生徒達は班ごとに列を作って、工場員さんの説明を聞きながら、見学用の通路を通り、らせん階段を上っていきました……階段を上りきったところに大きな鉛筆の模型と白い壁があって、そこにみんなでいたずら書きができるようになっていたんです……私は密かに、ユカリちゃんがその壁にどんなことを書くのか楽しみにしていました……嬉しそうに何を書くのか……ところが、先頭の人間が階段を上りきる直前です……

いつの間にか、遠く、工場のS．E．が聞こえてきている。

女1　（冷笑するように）階段から落ちたのねユカリちゃんが？

女3　……。

女1　そうなんでしょ？

女3　はい……。

男3　突き落とされたんだね、クラスの誰かに。

女3　押した子もまさか落ちるとは思っていなかったと思います……高い柵があったし、まさかそこを乗り越えて落ちるなんて思わなかったと思うんです……思うというのはつまり……誰がそうしたのかわからないからなんですけど……ユカリちゃんは右腕をなくしました……下に鉛筆の裁断機があったんです……。ユカリちゃんのご両親も……お父様は新聞社の重役だったんですけど、自分達の娘がいじめにあっていることを知りませんでした。でもあの日に至るまでにたくさんのヒントがあったんです。ユカリちゃんは何度もあたし達に助けを求める信号を送っていたんです。例えば、ユカリちゃんがどうしていつも水泳の授業を見学していたのか……本人は体調不良だと言っていたけれど、本当は水着が破られたり、焼かれたり、捨てられたりしてたからなんです……御両親が幾度新しい水着を買ってあげても、その日のうちに……その度にユカリちゃんは本当のことを言えずに、御両親への言い訳を考えていたんだと思うんです……悲しそうな顔をしてまた新しい水着を買うお金をお財布から出すお母さんの表情を思い浮かべながら

女1　もう結構です……

女3　……でもケンタロウくんはまだ間に合います……！　少なくともお母様がケンタロウくんに起こってることを御存知なんですから！　学校側だって、今からならばできることはいくらでもあるんです！

女1　ケンタロウは鉛筆工場には行きません。

女3　そういうことじゃないんです！
女1　時間ですから。
男3　右手がなくなったら左手を使えばいいじゃないか……。
女3　え……。
女1　その通りです。
男3　僕、両手両足がない子供が口に色鉛筆くわえて絵を描いてるのを見たことあるよ……。
女3　（男3を見つめて呆然と立ちすくみ）……。
女1　（異様なトーンで）なんですか。そんな目で息子を見ないでください。
女3　……。
女1　（男3に）……あなた誰かに叩かれたの……？
男3　え。
女1　頬っぺたよ。腫れてるわ。
男3　（顔を膨らませる）
女1　膨らませてもダメです。誰にやられたの？
男3　さっきの男の人。

女3　私です。
女1　どっち？
女3　私です。
男3　（女3に）さっきの男の人だろ。
女1　……わかりました。指紋をとりましょう。
男3　（すぐに観念して、女3を指し）先生。
女3　私です。
女1　……。
女3　すみません……。
女1　ケンタロウ、自分の部屋行ってなさい。
男3　（なにかを察知したのか）先生と一緒に行くよ。
女1　……。
男3　先生と一緒に行く。
女1　わかりました。事情は勉強が終わってからゆっくり伺います。お部屋行く前に冷やさないと。
男3　大丈夫だよ。

女1　大丈夫なもんですか。

女1、キッチンの方へと去る。

男3　（力なく）手袋をしてひっぱたけばよかったんだ。
女3　え？
男3　だから指紋をとられないように。今度からそうするといいよ。僕の方だってホラ、先生が手袋をしはじめたら「ああひっぱたかれるんだな」って思えばいいんだから。
女3　（笑って）何言ってんの、ひっぱたかないよもう。ごめんね。
男3　（さほど熱なく）気をつけてね先生。
女3　何を？
男3　おかあさんは僕のことになると何をするかわからない人だから……。
女3　（笑顔で）そんな言い方よくないよ。
男3　キノシタ先生、死んでなんかいないよ。
女3　え？
男3　今日も元気に学校来てた。

女3　ほんとに……!?　会ったの？

男3　先生この前来た時家に免許証忘れてって、今日僕それを学校まで返しに行ったんだ。別に痩せてもいなかった。

女3　でも、じゃあどうしておかあさん亡くなったなんて

女1が濡れタオルを持って戻って来る。

女1　はい。冷たいタオル。

男3　うん……。

女1　ありがとうでしょ？

男3　ありがとう。（と受け取る）

女3　（どこかうわの空で）申し訳ありません……。

女1　じゃあ頑張ってお勉強してらっしゃい。

男3　トイレ。（女3に）先に行ってて。

女3　わかった。

女3、女1に一礼して階段を上ってゆく。

女1　（男3に聞こえるように）先生。
女3　（階段の途中で）はい？
女1　顔色があまりよくありませんね。
女3　そうですか？
女1　ええよくありません。
女3　特に、体調は……
女1　自分では分からないものですよ。
女3　はあ。
女1　倒れないでくださいよ。連絡なしで急に来なくなったりしないでくださいね。
女3　（どうしてそんなことを言うのかと）はい……気をつけます……。

女3、階上へ上る。
男3、トイレの中へ入りドアを閉める。

女1　……。

　驚愕した様子の男3がトイレからものすごい勢いで出て来るので、女1驚く。

男3　！

女1　どうしたの……!?

　トイレから眠そうな顔をした男4が鞄を持って現れる。

女1　ユウちゃん！

男4　あ、おかえりなさい。

男3　（女1に）なんでいるの!?

女1　知りません！

男4　うんちしてたら熟睡しちゃって。

男3　（ショックで少々パニックになりながら）ど、どうしてウチのトイレでうんちするのさ！

男４　（何か言おうとするのを）
男３　（遮って）流してよちゃんと！
男４　いや、水が無駄だから。
男３　（驚いて）無駄じゃないよ！　ユウちゃんのうんちがプカプカ浮いてるのなんか見たくないもの！
男４　大丈夫だよ。結局出なかったから。
男３　なにそれ……。
女１　留守中には勝手に入らないでって言ったわよね。
男４　玄関の前でしばらく待ってたんですけどね、突如猛烈にうんちが出たくなって。
男３　え、だって出なかったんでしょ。
男４　出なかった。まるで窓口の女の人に「この時間帯は締め切りましたからまたいらしてください」って言われたかのように「はい」って引っ込んで……
男３　（嫌そうに）なにそのたとえ。
男４　なんでだろうね、玄関では猛烈に出たかったんだけど、
男３　出たかったって言わないでよ。出たかったってユウちゃんはうんち!?　違うでしょ!?

男４　うん違う。あ、うんち、がう。（嬉しい）
女１　ユウちゃん鍵返して。
男４　どぅうしてですか。
女１　いいから。
男４　（逃げて）どぅうしてですか。
女１　どぅうしてもです。
男４　なにかあった時の為に持っててくれって渡されたんですから。
女１　なにかなんかないんです。主人にはそれがわからないんです。

　男１が帰宅してくる。

男１　（男４が来ていたことが意外で）来てたんだ。
男４　あ、丁度よかった、この女が合鍵をくれってうるさいんだよ。
女１　そんな愛人がせがんでるみたいな言い方やめて！
男１　いいじゃないか。
女１　この人勝手に上がりこんでうんちしてたんです。

男１　（飛び退くようにして周囲を探し）どこに！

男４　トイレだよ。

男１　なんだ。

男４　そしてそのうんちすら結局は引っ込んじゃったんだから。

男１　そうなの。

男４　そうだよ。

女１　（男１に）違うんですよ、あたしのせいでこの人のうんちが引っ込んだわけじゃないんですから。

男１　（何を言い出すのかと）そりゃそうだろ。どんな技だよ。人のうんち引っ込ますって。

男４　どういう意味？

男１　かあさんは？

女１　眠ってます。

男１　具合はどう？

女１　知りません。（そんなことより）鍵を返してもらってください。

男４　（自分はすでに座っていて、男１に）まあ座りなよ。

男1　（少しムキになって女1に）知らないってことはないだろう。

女1　入ろうとすると怒るんですよ！　食事だってドアの前に置いておけっておっしゃるんです！

男1　……。ケンタロウ、ただいま。

男3　おかえり。

男1　今日サクライ先生来てるんじゃないのか。

男3　来てる。

男1　うん、靴があった。

女1　早く行きなさい。先生お待ちですよ。

男3　うん。

女1、そこに居たくないかのようにキッチンの方へ――。

男3、階段を上り始める。

男1　頑張れ。

男3　（止まって）……。

男1　どうした？
男3　（照れているのか、どこか不機嫌そうに）ユウちゃん。
男4　はい。
男3　この間はごめんなさい。
男4　……全然いいよ、そんな。僕こそごめん。マルにも怒られちゃって。「ユウちゃんが悪い」って。「飼育係失格だ」って。もっとちゃんと目を光らせていればあんなことにはならなかったわけだから。
男3　うんそれは気をつけて。
男4　気をつけるよ。あ、そうだ。忘れてた。
男3　何？
男4　（女1を気にしてから）動物園にハガキがきてた。
男3　え？
男4　（鞄からハガキを出して）絵ハガキ。モトハシから。

それまで、複雑な表情で二人のやりとりを聞いていた男1が、ことさら女1がいないことを確認する。

男3　（みるみる笑顔になって）モトハシ先生⁉（と男4の方へ）

男4　（男3は受けとれるものと思っていたが）では読みあげますよぉ。（読んで）ケンタロウくん、お元気ですか？（男3のリアクションを確認）

男3　（満面の笑顔）

男4　カンコやマルや（男3のリアクションを確認）

男3　（満面の笑顔）

男4　動物園の動（男3のリアクションを確認）

男3　（ちょっと鬱陶しいが一応笑顔）

男4　物たちも元（男3のリアクションを確認しようと）

男3　（した瞬間）自分で読むよ！

男4　ごめん読む読む。「ケンタロウくん元気ですか？　カンコや、マルや、動物園の動物たちも元気ですか？　突然会えなくなって、ほんとうにごめんなさい。このハガキ、動物園のユウちゃん宛に送ったら、お母さんに見つかる心配もないし、いいアイデアでしょう？　先生はこの間、髪の毛を短く切ったんですよ。男の子みたいだって言われています。その頭でパスポートの写真を撮ってもらったら、オサルさんみたいで笑ってしまいました。ケンタロウくんにも見せてあげたいな。きっと大笑いすると思うよ。そうそう、先生は今度大きな船に何週間も乗って、外国へ行くんですよ。子供達に折り紙や爪上げを教えたり一緒に行く仲間たちと井戸を掘ったりしてきます。かっこいい絵ハガキたくさん見つけて、また動物園宛に送りますね。楽しみに待っていて下さい。モトハショウコ」

男3　……。

男3は男4から絵ハガキを受けとると、それを嬉しそうに見つめてから、笑顔で男4を、そして男1を見る。

男1　よかったな。

男3　うん。

男1　おとうさんにも見せてくれよ。

男3　うん。

男1、絵ハガキを受けとるなり、それをビリビリに破く。

間。

男4　なにすんの……。

男1　（男3に、静かに）これ、おかあさんに見つかったらおかあさんとても悲しむから……隠してもすぐに見つかってしまうから……おかあさんはおまえの持ち物は毎日チェックしてるから……

男3　（なにかを堪えるように無表情で）どうしておかあさん悲しむの……？　モトハシ先生が絵ハガキをくれたんだよ。

男1　モトハシ先生は絵ハガキをくれちゃいけないんだ。

男4　どうしてだよ。

男3　死んだから……？

男1　……。

男4　なに言ってんのケンタロウくん、死んだらハガキ書けないじゃない。書けないよ死んだら。書けたら、みんな死んでから遺書を書くよ。え、俺が書いたと思ってる？　違うよ、俺髪の毛なんて漢字書けないもん！

男3　モトハシ先生の字だよ……それは……

男4　ほら!
男1　モトハシ先生は、お母さんの中でだけ死んだんだ。お前には引っ越したって言ってるけど、それはおまえを悲しませないようにおかあさんが嘘をついてるんだ。だからおまえもモトハシ先生は引っ越したと思ってあげなくちゃいけない。わかるな……
男4　(混乱して) え……?
男3　キノシタ先生も?
男1　……キノシタ先生も……テラシマ先生もナカノ先生もアマノ先生も。モリ先生もキクチ先生もタムラ先生もサイキ先生も隣のオバタさんの奥さんもだ。
男3　……。
男1　おかあさんはおまえの為にそうしてる。でもおとうさんは正直、あと二、三人でやめてほしいと思ってる。
男4　あの女の中でだけ死ぬ
男1　(遮って) あの女って言わないでくれよユウちゃん。
男4　トシエの中でだけ死ぬっていうのは……え?　死んだ人はどうなるの?
男1　死ぬんだよ。

男４　いや、それはトシエの中だけででしょ？　トシエの外では。
男１　外？　外は別に普通。
男４　普通？
男１　だから、別にどうもならないよ。
男４　え、ちょっとだけ胃が痛んだりとか
男１　痛まないよ。（と言ってから）いや中には痛む人もいるかもしれないけど、それはトシエとはなんの関係もない、食べ過ぎ飲み過ぎによるものだから。
男４　ああ……じゃあ何を深刻になってんの？　別にどうもならないなら。
男１　ユウちゃんさ、人間みんながユウちゃんみたいな人間じゃないんだよ。
男４　……。
男１　（男３に）ケンタロウはおかあさんを悲しませたくないよな。
男３　悲しませたくない。
男１　だったら我慢しなさい。
男３　うん……。
男１　よし、偉いぞ……（内ポケットから何かのＤＭハガキを出し）じゃあ代わりにこれをやろう。

男3 （読んで）三交商店街大売り出し。
男1 うん。
男4 なんだそりゃ。
男3 ありがとう。
男4 いいんだ。
男3 大切にする。
男1 うん。
男4 ケンタロウくん三交商店街だよ。
男1 行きなさい。先生に見せてあげろ。
男3 うん。（と階段へ）
男4 キョトンとされるだけだよそんなもの見せたって。
男3 じゃあねユウちゃん。
男4 うんまた明日来る。
男1 ……。

男3、階上へと去った。

男1にとって、どこか居心地の悪い時間、しばしあって——。
そこには、男1と男4が残った。

男4　（不意に）え、どういう意味？
男1　え？
男4　世の中俺みたいな人間ばかりじゃないって。
男1　ああ。なんでもない。
男4　俺見た目ほど無垢じゃないよ。
男1　見た目も無垢じゃないよ。
男4　ショウちゃん……。
男1　なにユウちゃん。
男4　何にそんなお金使ってんの？
男1　ちょっ……（女1がいないか確認するような）
男4　ギャンブル？　女？　クスリ？
男1　なに言ってんのユウちゃん。大丈夫だよ犯罪は犯してないよ。
男4　ショウちゃん横領ってのは犯罪なんだよ。

男1　だから、新たな犯罪……

男4　ああ……。

男1　ユウちゃんには感謝してるよ。もちろんこんな俺を雇ってくれたユウちゃんのおとうさんにも。

男4　おやじと一緒にしないでよ。おやじは知らないんだからさ、ショウちゃんが会社の帳簿毎月ごまかしてること。

男1　（女1を気にする）ユウちゃん。

男4　違うよ、俺は別にショウちゃんを恐喝しようとか、まったく考えていないよ。するならもうとっくにしてるよ。ショウちゃんは親友のおとうさんなんだから。

男1　うん、ありがとう。

男4　ただ、何に使ってるんだろうって。

男1　今は勘弁、今は勘弁だユウちゃん。俺、ちょっとおふくろの様子を（と行こうと）

男4　悪いのおばあちゃん。

男1　あまりよくない。

男4　病院に入れなよ。

男1　病院なんかに入れたらもっと悪くなるよ。

　　男1、そう言いながら階段を駆け上って行く。

男4　……（悪意はなく、マネして）今は勘弁、今は勘弁だ……

　　男4の携帯電話が鳴る。

男4　はいはい。ん、今ちょっとあれですけど、まあ少しなら。なにどうしたんですか？（顔色が変わる）

　　象が鳴く。

男4　（チラと声のする方を見てから）医者は⁉　医者は呼んだのかって聞いてるんだよ！……足りないって……え、首蔵とマリアンヌと鉄平？　鉄平って？　スカンクはルシファー、あとは？……？うん、うん、一気に言うなよ覚えらんないよ！うん……うん……

この間に女1が黄色いカップとそうでないカップをお盆に載せ、神妙な顔つきで来て、男4のことはチラリとうかがっただけで二階へ向かおうと——。

男4 (電波が悪いのか)もしもし!?

と、階上から男1が降りてくる。

男1 ……なにこれ。(と黄色のカップを)

女1 先生にお持ちするんです。

男1 (制して)今日はやめてくれ。

女1 (行こうと)いえ、今日なんです。

男1 (制して)今日はやめてくれ。

女1 こぼれてしまうじゃありませんか。

男4 もしもし……!(切れた。で、男1に)俺……

男4、玄関の方へ走り去る。

男1　……。

女1　どいてください。

男1　頼む今日はやめてくれ。

女1　どうしてですか。

男1　おふくろ死んでる。

女1　……。

男3が階段を駆け降りて来る。

女1　どうしたの……？

男3　マルが呼んでる……大変なことになったって……。

再び象が二度三度鳴く中、女3も何事かと後に続いて姿を見せた。

明かり変化して、正面パネルが降りてくる。

4

パネルの動きに合わせて男6が上手より現れる。自分が来た方をチラチラと気にしながら。

男6　（観客に）こうして動物園の動物はあっという間に半分以下に減ってしまいました……またもや何者かがエサに毒を入れたんです……。（三階を見上げ）あのコの受けたショックは計り知れません……心ない人間の気まぐれな悪意が、一人の純粋無垢な少年のガラスのような心を粉々に打ちくだいたのです……。

そんなことを言いながら、男6は椅子に座り、隠し持っていた女性用の下着を、すでに中に何かが入っているボロボロの袋につめる。

少し野暮ったいブラジャーとショーツのみの女6が男7（前と同じシャツ）

と一緒に来る。

女6 こっちです。たしかにこっちに。

男7 顔は見なかったんですか？

女6 鼻しか見えませんでした。

男7 そうですか……服装は？

女6 まったくわかりません。鼻しか見えなかったものですから。

男7 体型や身長は？

女6 皆目。鼻しか見えなかったって言ってるじゃありませんか。鼻はハッキリ見たんです。

男7 なるほど……（即座にメモして）ハ、ナ（と手帳をしまう）しかしながら鼻だけ見えたというのは一体どういう状況なんでしょう。

女6 はい？

男7 ですから、鼻だけハッキリ見える体勢っていうのは。鼻がハッキリ見える時は大抵顔がぼんやりは見えるんです。

女6 （考えて）じゃあ顔なのかもしれません。

男7　なにがです？

女6　ですから私が鼻だと思ったものがですよ。

男7　（思い浮かべて）……そうは考えにくいんじゃないでしょうか。

女6　（迷惑で）考えにくいって、それはあなたの考え方の問題ですから。

男7　たしかに……（即座にメモして）か、お。（手帳を閉じて）

女7　さっきからあの方（男6のこと）、さりげなく鼻を隠してます。

男6　！

男7　（男6に）あなた、失礼ですけどどうしてさりげなく鼻を隠してるんです？

男6　さり気なさの中にこそ男のダンディーがあるからですよ。

男7　男のダンディーっていうのもよくわかりませんが、

女6　でもなんとなくおっしゃりたいことはわかります。

男6　一体何の珍騒動ですか？

男7　別に珍騒動ではありません。この御主人のお宅のベランダに干してあった野暮ったい下着が盗まれたんです。

女6　ですから私はこの一連の事件を「下着泥棒殺人事件」と呼ぶことにしたんです、来月から。

男7　一連でもなければ殺人事件でもないんですが、そしてどうせ呼ぶなら今から呼べばいいとも思いますが、犯人がこっちの方に逃げて行ったそうなんです。
女6　それでとりも直さず追いかけてきたんです。
男6　とりも直さずですか。
男7　（女6の下着を指して）この下着まで盗まれていたら今頃大変なことになっていたところです。
男6　この間の事件といい物騒ですね……。
男7　この間の事件と申しますと？
男6　動物園の事件ですよ。動物が大量に殺された事件です。今や檻の半分が空《から》ですよ。
男7　（一瞬考えて）あれやっぱり空だったんですか？
男6　はい？
男7　いえ、私、どこにいるのかと思って念入りに観察してしまいました。保護色なのかと。むしろ動物が見つからない檻の方をじっくり見て回ってしまったんです。
男6　それもこれもあんなことがあったからです……ではごきげんよう。（行こうと）
女6　ちょっと待ってください。
男6　なんでしょう。

女6　その袋には何が入ってるんですか？
男7　私もさっきからそれが気になっていたんです。下着だと思うのでお見せ願えますか？
男6　そうしたいのは山々なんですが、あいにく鍵がかかっているんです。
男7　鍵!? こんな袋に鍵がかかるんですか？
男6　ええ内側から。
男7　内側から!?
男6　オートロックというんですか？　それが一番安全なんです。
女6　そんなに大切な下着が入ってるんですか。
男6　ええ、命がけですからね。
女6　（男7に小声で）かっこいいですね命がけって男らしくて。
男6　それではさようなら。（行く）
男7・女6　（口々に）さようなら。（とか）ごくろうさま（とか）
男7　（女6が見ているので）どうしたんです？
女6　いえ……あの鼻どこかで見たことがあるような気がして……。
男7　あの人の鼻ですか？

女6　ええ。どこだったかしら。
男7　ベランダじゃないかと思うんですあなたのウチの。
女6　それもそうですけど、もっとあちこちで……

風が吹いてくる。

女6　向かいのホームや、踏み切りの向こうや、電信柱の陰からふと見るとあの鼻が私のことを見ているんです……もちろんあの人ごとですけど。
男7　やがてあなたはその鼻に神様と呼ばれることになります……その鼻はあなたに言うでしょう……「私は神様で君も神様だ」……もちろんそれはあの鼻がついた嘘で、実際はただのストーカーの下着泥棒なんです……あの人ごとね……冷えてきましたね……。
女6　もうあきらめた方がいいのかしら。
男7　あきらめるか風邪をひくか、二つに一つです。あの人はもう行ってしまったんですからね……

女2が落としものでも探すかのようにして来る。

男7　こんにちは。

女2　あ、こんにちは。

女6　鼻か何か探してらっしゃるんですか？

女2　鼻？

男7　鼻のある男です。

女2　いえ、半年ほど前にここでお金を盗まれたものですからね。

男7　お金ですか？

女2　ええ、一万円札を一枚。ですから合計一万円です。おつりはもらわなかったんですから。

女6　私も下着を盗まれたんです。

女2　着てるじゃありませんか。

男7　これではない、別の下着なんです。

女2　ああ……私よくめがねをかけてるのにめがねを探すことがあるものですから。なくなったと思ってです。

女6　これは違うんです。
男7　その泥棒はこのあたりに住んでいそうなんですか？
女2　住んでいるというか、いるんです……一回しか会ってないのでよくはあれなんですけど。（ふと）あなたそのシャツ。
男7　なんですか？
女2　いえ……どこかで見たような気がしただけです。
男7　駅前のデパートで大量に売れたんです。ここのウチの御主人も同じシャツを着てたぐらいですから。
女2　サトウさんですか……？
男7　ええ。一度聞き込み調査に伺ったことがありまして……
女2　なにかあったんですか？
男7　この家を訪れる方が何人も音信不通になっていたんです。結局全員連絡とれたんですが……なんというか、今ひとつ押しが足りなかったんです。ですから連絡した人間の。
女2　ああ……。
男7　ただ、それだけじゃないんですが……

女2　まだ他に何か？

男7　下水に大量の女の髪の毛が詰まっていたんです……

女2　なんですかそれ。

男7　検査の結果、御主人の髪の毛だということがわかりました。なんでもロングヘアーをバッサリあれして、流しに捨てたらしいんです。つまり、女の髪の毛ではなかったわけですけど。迷惑な話です。流しからネギやキャベツが逆流してきたというんですから……

女6　私、寒気がしてきました。

女2　風邪じゃないんですか？（なぜか今になって女6が下着姿であることに仰天して）大体なんなんですかその格好は……！　表を出歩く格好ではありませんよ……！

女6　そうなんです。私帰ります。

　女6、そそくさと去った。

男7　ったく……。申し遅れましたが、私、こういう者です。（と警察手帳を）

女2　（読んで）ウヨチブジイケズミシ。
男7　（ひっくり返すのがめんどくさいのか）はい。
女2　ウヨチブジイケさん。
男7　はい。では今日はその泥棒からお金を返してもらいに？
女2　ええ、それはついでなんですけど……このウチにいくつか用があってあれしたんです……
男7　サトウさんにですか。
女2　ええ、でもどうぞ御心配なさらないでくださいね……私達、むしろ仲直りしたくて来たんです。
男7　私達というのは
女2　ですから、皆さんとです……奥様と、御主人と、息子さんと……息子さんの家庭教師の方と。亡くなっていなければおばあさまとも仲直りしたかったぐらいなんです。もちろん、主人ともです。
男7　あなたのですか？
女2　ええ……このウチに通うようになったんです、半年ほど前から。
男7　あなたの御主人がですか。

女2　ええ。ですから仲直りを……。うまくいくと思うんです……だってホラ、私今日はこんなに気分がいいんですから。一万円札を返してもらえなかったのにです。

男7　なるほど。

女2　（笑顔で）失礼します。

男7　さようなら。うまく仲直りできるといいですね。

女2　ウヨチブジィケさんも。（行く）

男7　いや、私は……よく覚えられましたね……。

だが、すでに女2、下手へと去っていた。

風が吹き、どことなく弱々しい象の鳴き声が聞こえる。

男7　（見て）……。

男7、行こうとすると、幽霊なのか、死んだハズの女5がいる。

（男7は女5が死んでいることを知らない。）

男7　こんにちは……。
女5　……。
男7　おばあちゃんこんにちは。どうしたんですか？
女5　いや……何か言い忘れたことがあるような気がしてね……。
男7　言い忘れたことですか？
女5　それが何だったのか思い出せないんだよ……
男7　「行ってきます」じゃないですか？
女5　違うね。
男7　「今日はお風呂に入る日だから」
女5　違う。
男7　「今夜もカレーかよ」
女5　違う。
男7　「揉み返しがすごいよ」「入れ歯はあえて鏡台の前よ」「やたらおしりがかゆいよ」
女5　（突如爆発して）そんなこと言い忘れてたくないよ！
男7　……思い出した時に言えばいいじゃないですか。

女5　いいからどっか行っとくれ！
男7　はい……おばあちゃんお家近いんですか？　気をつけて帰ってくださいよ。

男7、去る。

女5　（しばし佇むが、やがてあきらめたように笑って）ダメだ。ケンタロウ、ショウイチ、ついでにトシエさん、思い出せないよ……。どうせたいしたことじゃなかったのかね……「ありがとう」とか「ごめんね」とか「さようなら」とか……いずれにせよ意味は似たようなもんだ……じゃあ「今夜もカレーかよ」でいいよ……。

象が鳴く。

女5　象。ケンタロウに伝えといとくれ。「今夜もカレーかよ」って。

女5、去る。
ひときわ強い風が吹き、返事をするかのように再度象が鳴く中、壁面パネルが上がっていく。

テーブルにそれぞれ聖書を広げた女3と男2。ソファーに男3。

そして後方通路のほぼ中央にまだバッグを持ったままの女2が立っている。

女2　ええ、主人からよく伺ってました。日曜日の夕飯の時には大抵ひとつかふたつはあなたの話が。サチオも覚えてしまって、サクライさんて。おとうさんのお友達って、そうでしょ？

男2　（ひきつった表情を隠そうと努めながら）そうだっけ。

女2　そうですよ。私は毎週日曜にどうしてもはずせない用事があったから、平日に主人とお祈りに行っていたんです。大抵水曜日に。そうよね。

男2　うん……

女2　写真を見せてもらったこともあるんです。教会の前で撮った写真です。あなたと主人と神父さんとで。

女3　わあ、今度見せてください。

女2　もちろんいいわよね。

男2　うん……。

女2　聞きました？　いいって言ってます主人も。
女3　ええ。
男2　ケンタロウくん、うちの奥さんだ。
女2　（男3に）こんにちは。
男3　うん……。
女2　スズキサチオの母です。いつも息子がお世話になっております。
男2　さてと。
女2　なんですか？
男2　……もうすぐ五時だ。
女2　まだ四時半ですよ。
男2　四時四十分には奥さんが戻られるから。
女2　戻られるからなんですか？
男2　お邪魔じゃないか。（男3と女3を指し）五時から勉強なんだ。
女2　戻られるならばお会いしたいわ。いつもはどうなんですか？　ケンタロウくんこの人いつもはどうなの？
男3　遅くとも四時三十八分にはお帰りになります。最悪玄関が開いてからでもそこ

女2 （正面の窓）跨いで出ればギリギリ間に合うんです。

女3 間に合う？　会わずに済むってことね。

女3 （笑顔で）御主人気を遣われて。あたしは別に大丈夫だって言ってるんですけどね。ケンタロウくんのお友達のお父様なわけですし、勉強を邪魔するわけじゃないし、第一ケンタロウくんが歓迎してるんですから。

女2 そうですよ。

男3 （女2に）サチオくん元気ですか？

女2 元気よ。とても元気。

男3 ずっと学校休んでるみたいだから。

女2 ケンタロウくんだって元気でしょ？　ずっと学校休んでるのに。

男3 はい……。

女2 （笑って）ちょっと待って。どうしてこの人（男2）に聞かないの？

男3 謝ってくるから。サチオくんのことになると。

女2 謝る？（男2に笑顔のまま）どうして？

男3 僕は全然気にしてないのに謝ってくるんです。

女2 あなたどうして？

男2　（小さく、つぶやくように）どうしていいかわからないからだよ……
女2　なんですか聞こえません！
男2　どうしていいかわからないからだよ！
女2　なにがですか？　だって、なにがわからないんですか？
男2　帰ろう。
女2　（あくまで笑顔のまま）いいえ帰りませんよ。どこへ帰るんですか？　駅前のビジネスホテルですか？（女3に）この人もう三カ月も帰って来てないんですよ。
女3　え……!?
女2　仕事を辞めちゃって、週二回ここに来ることだけが楽しみなんです。
男2　やめなさい。
男3　（立ち上がり、女3に）僕部屋に行ってる。
女2　（つかまえて）ケンタロウくんもここにいて。
男2　やめるんだ。
女2　（笑って、男2のマネをして）やめるんだ！　ケンタロウくんケンタロウくん、やめるんだ！
男3　（男2に）おかあさん帰ってくるよ！

男2　嫌がってるじゃないか。
女2　嫌がってなんかいませんよ。子供の扱いは心得てるんですから。覚えてないんですかあなた？　私があなたのモノマネするのを見て、サチオが大喜びしたの。本当に嬉しそうな顔だったんです。
男3　（例えば、女2が強く腕を握っているので）痛いよ。
女2　ケンタロウくん大丈夫よ。おばさん今日は仲直りに来たんですから！
男3　痛いよおばさん！
女2　サチオはこの位じゃ全然平気よ。ケンタロウくんもっと鍛えないといけないわ。
女3　（さすがに）奥さん。
女2　なんですか先生。（とあくまで笑顔で女3へ向かう）
男2　謝るよ！
女2　……（初めて、笑顔が曇る）
男2　悪かった……。
女2　（それでもまだ笑顔をつくろうとしながら）謝ってなんかほしくありません……。
男3　（スキをつくように）部屋にいる。（と階段を上る）
男2　サチオは死にました。

沈黙。男3、階段の途中で立ち止まっている。

男2　ケンタロウくん、死んだんだ……ウチのサチオは死んだんだ……首を吊って。だからもういないんだ……元気なんかじゃないんだ……もう学校には行けないんだ……どうして死んでしまったのかわからない……遺書もなにも残してくれなかった……だからサチオに何があったのかはもうわからないんだ……幸せな男と書いてサチオ……なのに死んでしまった……結局おじさんもおばさんも、何もわかってやれなかった……だからおじさんもおばさんも……おじさんもおばさんもどうしていいかわからなくなった……うん……どうしていいかわかりません……サチオが死んでしまったから……急に私達の人生からいなくなってしまったからです……それでおじさんは……携帯電話を捨てて、パソコンも捨てて……ケンタロウくんに会いに来ることだけが楽しみになった……初めは違いました……最初に一人でここに来た頃です……あの時、サチオはまだ元気そうに見えましたし、仕事がとても忙しくて、眠る時間もない程忙しくて息抜きがしたかったんです……息抜きと言うのは、ですから……サクライ先生と、お話を……お話をすることです……初めはケンタロウくんには、むしろ会いたくなかった……ケンタロウくんはサチオといろいろあったから……子供は子供同士でなんとかしてくれればいいと思ったんです……

この台詞の間に途中で女1が帰宅して来ていた。
男3、女1に気づくと階上へと走り去る。

女3 ケンタロウくん。（追って行こうと）
女1 （静かに）何なんですかこれは……
女3 サチオくん……スズキサチオくんが亡くなったそうです……
女1 ……。
男2 （トーンは変えずに）お邪魔してます……週に二回お邪魔してました……
女1 はい……!?
女3 すいませんでした……知り合いなんです。教員だった頃、毎週日曜日にスズキさんの御主人と教会でお会いしてたんです。
男2 っていうのは嘘です……
女3 え!?

男2　教会なんか行ったこともありません。興味ないんです。屁とも思ってないんです。
女3　嘘って、えっ嘘なんですか⁉
男2　嘘なんです。私はあなたを騙していたんです。
女3　え、知り合いじゃないんですか⁉
男2　……（女2を見る）
女2　知り合いですよ……あなたはこの人と知り合ったんです……そうでしょ？
男2　はい……サクライさんと私は、ある裁判で知り合いました……タナカユカリという生徒の両親が学校側を相手どった裁判です……
女3　ユカリちゃんの……（女1を見る）
女1　……。（目をそらすような）
男3　覚えてますか……タナカユカリ……鉛筆工場で右腕を失ったタナカユカリちゃんです……
女2　裁判になったんですか……
男3　被告側の、学校側の弁護についていたのが私です……そこで私はあなたと知り合いました……あなたは……かつてタナカユカリちゃんの担任教師だったあなたは……校長の説得を振り切って証人台に立ち、涙を流しながらユカリちゃんがいかにつらい思いをしてきたかを訴えました……

女3　どうなったんですか裁判は……

男2　あなたは程なく学校を辞めました……裁判の結果に失望したからです……ショックを受けたからです……。

女3　ショック……？

男2　ユカリちゃんは……全部自分でやってたんです……

女3　……自分でって……

男2　自分で自分の水着を破って、燃やして、自分で自分の給食費を川に捨て、自分から飛び降りたんです……裁断機に向かって……犯人が見つからないハズです……

女3　嘘です……！　ユカリちゃんがそんなことするわけがありません！

男2　本人が証言台の上ではっきりとそう言ったんです……。

女3　……。

男2　証言を聞いている時のあのコの両親のこの世のすべてを呪うかのような表情が忘れられない……そしてあなたは……ただ泣いていました……。

女3　どうしてそんなことを……

女2　（決して卑屈ではなく）見てほしかったんですよそのコは……

女3・男2　（女2を見る）

女2　まわりに見てほしかったんです、見てもらいたかったんです……そして「ユカリちゃん可哀想だね」とか「ユカリちゃん痛そうだね」とか「あのコ手ぇ無くなっちゃっちゃあれ不便だろうなぁ」とか思ってほしかったんです……だってそれはそうですよ……見られてるってことで、見られてるって感じるだけで人はもう少し生きていけるかもって思えるんですから……もちろんそうじゃないコもいるんですけど……

女1　（やわらかく）本当に強いコは見られてるとか見られてないとか、そんなこと気にしません……そんなこと関係ないんです……

女2　強いことがなんですか!?

女1　何？　何ってなんでしょう。

女2　強いとどうなるんでしょう？

女1　強いと、棒を折ったりできるんです。

女2　そんなこと聞いてるんじゃありません。あなたは強いと善い弱いと悪いって、そういうことをおっしゃってるんじゃないかって聞いてるんです。だとしたらその根拠を教えてください！

女1　ありません根拠なんて。先生、あと十五分ですからね。（と言いキッチンへ向かおうと）

女3　（あまり耳に入らず）はい……。

女2　どこに行くんですか。

女1　紅茶をお淹れしようかと思うんです。

女2　黄色いカップでですか？

女1　……。

短い沈黙。

女2　オバタさんの奥様から聞きました……黄色いカップの紅茶を戴くと、お金をたくさんもらえるんです。あなたの御主人から。

女1　（何かにおびえるように目を見開いて振り向き）何をおっしゃってるんですか!?

女2　お金ですよ。質素に暮らせば何年も生活できるぐらいのお金です。その代わりに条件があるそうなんです。あなたに見られないようにしなくてはいけないんです。ですから、あなたに見つからないように生きていかなければいけない。でもただそれだけです。それだけのことで御主人は何年も生活できるようなお金をくれるんです。オバタさん、ためしに「いやだ」と言ってみたそうです。そんなのおかしいと思ったからです、「いやです」って「そんなのヘンです」って。そしたら御主人どうしたと思いますか、土下座したんです、オバタさんにです、土下座して、泣きながらお願いしたそうです。受け取ってくれって、このお金を受け取ってくれって。泣きながらです、受け取ってくださいって、

女1　（絶叫して）ふざけないでください！

女2　ふざけてません……オバタさん引っ越されたんです、夜中にそっとです、あなたに見つからないように。それがバッタリお会いしたんですよ。

女1　それはオバタさんじゃありません！　あなたは目が悪いんですから！

女2　オバタさんです。少しオシャレになっていましたけどオバタさんなんです。言われたんですから。「奥さんもぜひ黄色いカップで紅茶を飲むべきです」って。

女1　嘘です……！

女1、キッチンへと去る。

女2　（かすかに微笑みながら、誰に言うでもなく）黄色いカップで持って来てくださるのかしら……。
女3　あたし……（と立ち上がる）
女2　なんですか？
女3　時間なんです。
女2　ダメですよ……今日は仲直りしに来たんですから。
女3　仲直り……あたしとですか？
女2　だからそうですよ。
女3　だって、あたし喧嘩してないじゃありませんか……。
女2　あなた、こんなこと言ってますよ……
男2　（そわそわと）覚えてないんだよこの人は。覚えてないからこそ私の嘘を信じたんだから……
女3　なにがあったんですか……あたし奥さんと喧嘩したんですか……!?
男2　喧嘩なんかしてないよ。あの頃あなたは家内と会ったことなんてないんだから。
女2　ありますよ何度も。あなたが知らないだけです。
男2　（呆然と）ほんとかい……。

女2　私はこの人にひどいことをたくさんしたんです……毎晩何度も無言電話をかけました……高いお寿司を五人前もこの人の家に出前させました……重い石を着払いでこの人の家に配達させました……

男2　ひどいじゃないか！

女2　ですからひどいんです。そう言ったじゃありませんか。ひどいことをしようとしてそうしたんです。駅のホームから突き落としたことだってあるんですから……

女3　（どこか、遠くを見るような）駅のホーム……

女2　突き落としたんです、駅のホームから……ひどいことをしたかったからです。あなたにひどいと思われるようなことをしたかったんです。まさかあなたがそんな「忘れる」なんていう手に出るとは思いもよらなかったからです！

女3　たしかに誰かに押されたような気がします……（女2に）電車を待っていたんです。

女2　ホームですからね。待つんです電車を。

女3　（徐々に確信するように）押されました……不意に誰かに背中を押されたんです……！

女2　ですからあたしです！　あたしが押したんです！

男2　（女2を手で制し）思い出したのかい……
女2　……。
女3　あたしは「来た！」と思いました。
男2　電車がかい？
女3　いえ、その時がです……「その時が来た」って。
男2　どの時？
女3　報いを受ける時です、だって……だってあたしはひどいことをしていたんですから……！
女2　ひどいことをしていたのは私です！
女3　（女2を見る）
女2　……！
女3　奥さん……スズキさんの奥さん……
女2　（気圧されて）……なんですか……。
女3　……申し訳ありませんでした！

女3、女2の膝元に崩れ落ちると、すがるようにして嗚咽し始める。

女2　……。
女3　（泣きながら）ごめんなさい奥さん！　ごめんなさい！
女2　やめてください。（服が）のびます。
女3　（泣きながら、同じトーンで）この素材はのびません！
女2　のびませんけどしわくちゃになるんです。
男2　違うんだ……違うんですサクライさん、全部私が悪いんです……
女3　私です！
男2　私だよ！
女3　私です！
女2　譲り合わないでください！
女3　あたしユカリちゃんのことで少しおかしくなっていたんです……何を信じていいのかわからなくて……おかしかったんです……だって、そうじゃなかったら……！
女2　あなた方が泊まったホテルの、隣の部屋に泊まったことがあります……
女3・男2　……。
女2　あなた（男2）は九州の方へ出張だと言っていましたね……でも本当はすぐ近く

女3　にいたんです……

女2　あの日、私サチオに「すぐ戻るからね」って言って買い物に出掛けたんです……「おかあさんすぐ戻るから待っててね」って。まさかあなた達を見かけるなんて思わなかったからです……

女3　(声を震わせて) ごめんなさい……！

女3　許してください……！

女2　違う人だと思いました。(男2に) ほら、私最近目があれですからね……サチオのおとうさんが知らない女の人とホテルに入って行くなんて、そんなハズないんです。ですから……ですから私は、知らない人が知らない人と泊まった部屋の隣にチェックインしたんです……何が起こってるかはすぐにわかりました……隣の部屋でです……知らない人同士が何をしているのか……ずっといたわけではありませんよ、だってウチにはサチオが待っていましたから……サチオにさびしい思いをさせるわけにはいきませんからね……サチオは、サチオは私達が幸せにするって、そうあのコが生まれた時に約束したんですから……

女3　奥さん……この通りです……許してください……！

女2　……もういいんです……いいんですよもう……言ったじゃありませんか、今日私はあなたと仲直りしに来たんです……私はあんなにひどいことをしたんです……そのことを謝りたいんです……本当ですよ……

女3　私はいいんです……「その時が来た！」とは思いましたけど、電車は全然来なかったんですから……

男2　（女2に）すまなかった……許してくれ……許してください……サクライ先生も……どうか忘れてください……。

女2　すまなかったのはわかりました。でもいいですか？　あたしひどいことをしたんです……「なんだと、バカヤロウ！」そう言いたくならないんですか？

男2　ならないよ……

女2　なるはずです。なるはずですよ……だって、あなたは私の夫で、サチオのおとうさんなんですから……違いますか？　あなたは私の夫じゃないんですか？　サチオのおとうさんじゃないんですか？

男2　おまえの夫だよ……

女2　……。

ここに、男1が帰宅してくるが、誰も気づかない。

男2　サチオの父親だ……おまえの夫で、サチオの父親だ……
女3　(男1に気づいて) おかえりなさい……。
　　二人共、ほとんど、泣いていて、男1には目もくれない。本当に気づいていないようにも見える。
女2　だったら言ってみてください。「なんだとバカヤロウ!」って。
男2　……。
男1　(女3に、その状態を) なんですか……。
女2　さあ早く……言うんです……
男2　(蚊が鳴くような声で) なんだとバカヤロウ……
女2　聞こえません。びっくりするほど聞こえませんでしたよ。
男2　……なんだとバカヤロウ……!
女2　もっと凄みなさい。凄むんですよ!
男2　……なんだとバカヤロウ……!

女2　もっとです！
男2　……なんだとバカヤロウ……！
女2　それでもサチオのお父さんですか!?
男2　……なんだとバカヤロウ……！
女2　サチオが呆れてますよ！
男2　……なんだとバカヤロウ……！
女2　もっとです！　もっと……もっと……！
男2　……なんだとバカヤロウ……！　なんだとバカヤロウ……！……なんだと……

執拗に繰り返す男2の声は、むしろ次第に弱々しくなり、口ごもってゆくのだが、

女2　そうです……それでいいんです……
男2　……なんだとバカヤロウ……
女2　（どこか幸せそうに）ごめんなさい。
男2　……なんだとバカヤロウ……

女2 はい、ごめんなさい、あなた。

男2 ……なんだとバカヤロウ……

女2 はい……

男1 なにやってんだ人んちで……。

男2 (夢でもみているかのように男1を見て) なんだとバカヤロウ。

男1 (面喰らって) バカヤロウはどっちだ!

男2 (男1に) なんだとバカヤロウ。

女2 いいですよあなた。

男2 (男1に) なんだとバカヤロウ

女2 なんだか急に調子が出てきたじゃありませんか。

男2 (男1に) なんだとバカヤロウ! なんだとバカヤロウ!

女1が例によって黄色いカップ二つを盆に載せて持って来ると、そこには「なんだとバカヤロウ!」と自分の夫に繰り返す男2と、たちすくむ夫の姿があった。

男1　バカヤロウは（どっちだって言ってるんだ）

男2　（遮って）なんだとバカヤロウ！

女2　とてもいいですよ。

男1　あんた人んち（に上がり込んで）

男2　（遮って）なんだとバカヤロウ！

女2　そうです！

男1　聞けよ（人の話を）

男2　（遮って）なんだとバカヤロウ！

女2　うむも言わせぬというのはこのことです！

男2　なんだとバカヤロウ！　なんだとバカヤロウ！　なんだとバカヤロウ！

　　男1、いきなり男2の胸ぐらを摑むので、場は騒然となる。女1だけはただ、見ている。

女2・女3　やめてください！（とか）やめて！（とか）

男1　あんたがおふくろ殺したんだぞ……！

男2　なんだとバカヤロウ！

男1　あんたが隠しとけって言ったんだ！　公表するなって！

男2　なんだとバカヤロウ！

男1　俺は聞いた！

女3　やめて！　スズキさんもやめてください！

男2　なんだとバカヤロウ！

男1　バカヤロウって言うな！

男2　なんだとバカヤロウ！

男1　てんめえ！

男1が男2に殴りかかろうとした時、女3がものすごい身のこなしでそれを突き放して、男1を床に投げる。

男1　いてぇ……！

女3　暴力はいけません……。

男2　（我に返って）あ……あ、すいません。

男1　……。
女2　（今さら）あなた、この方には言っちゃいけなかったんです。
男2　うん……。
女3　（男1に）大丈夫ですか？
男1　痛いです……（ようやく立ちあがり）
女3　暴力はいけません。
男1　……。
男2　（男1に）今おかあさんがなんとかって、小耳に挟んだんですが。
男1　小耳……!?
男2　小耳です。
女2　お亡くなりになったんですよね……？
男1　なりましたね。
男2・女2　（口々に）ご愁傷様です……（とか）
男1　はい。もういいです……
男2　いい？　何がですか？
男1　いいんです……私はあれですから……大人ですから……。（女1に気づき）いた女1　相当前から。お客様に紅茶をお淹れして、で相当前から。
女2　あなた。（黄色いカップです、の意）
男2　うん。
男1　（そのやりとりが気になって）なんですか？
女1　（どこか問いただすようなニュアンスで）スズキさんの奥様がヘンなことをおっしゃるんです。このカップで紅茶を飲むとあなたからお金がもらえるって。少しオシャレになったオバタさんから聞いたっていうんです。亡くなったお隣の奥さんです……
男1　……。
女1　どうして黙ってるんです？　どうして「そんなハズはない」って言わないんです？
女2　（静かに、しかし、かすかな幸福感を漂わせて）あなた……
男2　なんだい？
女2　帰りませんか？　私達の家にです……。
男2　そうだね……そうしようか……。

女2　帰るんですね……？
男2　うん……
女2　（女1に）帰ります。
女1　何を言ってるんですか!?　そんな言いたい放題言って帰るだなんて！　まさに今からこの人（男1）が爆発するんですから。
女2　爆発ですか。
女1　爆発です。それこそ「なんだとバカヤロウ」って。
男2　帰ろう。
女2　はい。
女1　（強く）いけません！（男1に）あなた早く！
男1　（やわらかく）トシエもうやめよう。
女1　……。
男1　ケンタロウは大丈夫だから……あいつはもう、おまえにこんなことしてもらわなくても大丈夫だから……
女1　こんなこと？　なんですかこんなことって。
男1　だから……おまえがいつも目くばせをして持ってくるこの黄色い

女1　（遮って）大丈夫ってあなたに何がわかります……ケンタロウの何がわかるんですか？

男1　いろいろわかるよ……男同士だし。

女1　男同士!?　それを言ってしまいますか!?

男1　言ってしまうよ、言葉はあれでも……交わさなくても……あいつが何に堪えているのか……だから、うまく言えないけど……仕方ないよなっていう、お互いにあれだけど仕方ないよなっていうそういうあれをさ、わかるか？　言葉はあれでも……

女1　いいえ、まったく。

男1　……。

女1　おかしいわ。だって謎が多すぎますよ！　第一に亡くなったオバタさんとケンタロウに何の関係があるんでしょう？　第二にどうしてあなたがオバタさんにお金をあげるんですか!?

男1　お金をあげなきゃ言うこと聞いてくれないからだよ……お金をあげれば言うこと聞いてくれるんだ……最初はなんでもないことだと思っていた……だって、おまえの思い込みがなんだって言うんだ……おまえが誰のことをあれしたと思おうが、当事者にはなにも関係ない、それはおまえの中だけのことなんだから……そう思っていた……でもそう簡単にはいかないことがすぐにわかった……世の中、「あなたはもういないってことで」と言われて「わかりました」と納得する人間なんていないんだよ……。

女1　（怯えるように、ゆっくりと男1から離れるようにして）おそろしいこと言わないでください……！　あなた……あなた私に隠れて何をやってるの⁉

男1　どうして離れる……

女1　……（まだゆっくりと後ずさる）

男1　離れないでくれよ……なあ離れないでくれ……俺はおまえを遠ざけるためにこんなことを続けてきたわけじゃないんだ……。

女1　（その言葉を受け止めずに）お金はどうしたんです……

男1　……。

女1　お金ですよ！　お金はどうしたんですかと聞いてるんです！

男1　……会社の金を……少しずつ……

女1　会社の金⁉

男1　（声、思わず大きくなって）ほんの少しだよ……ユウちゃんもそれぐらいならいいだろうって言ってくれてるんだ！　だから、社長の息子が了解済みなんだよ！

女1　ユウちゃんはただの飼育係ですよ!?

　　トイレのドアが開き、男4が眠そうに現れる。

男4　え、俺がなんですか？

　　一同、ギョッとなる。

男4　今俺の話題でもちきりじゃありませんでした？
女1　あなた、ウチのトイレに住んでるの!?
男4　落ち着くんですよ。条件反射のように眠くなりますね。
男1　（すがるように）なあユウちゃん。
男4　なにショウちゃん。
男1　会社のこと、なにも問題ないよね。
男4　会社？
男1　だから俺がほんの少しずつあれさせてもらってること。

男4　ああ横領？
男1　横領ってほどのものじゃないじゃないか。
女1　（男1に）いくらなんですか……
男4　月四、五十万だよね。（女1に）大丈夫大丈夫、おやじバカだから。
男1　勘違いしないでよ、もちろんちゃんと返すんだから、穴をあけた分は。それは当然返すよ。
女1　どうやってですか!?
男1　それは、これからきちんとプランをたてて……
男4　なんで、いいよせっかくおやじバカなんだから。
男1　いや、そういうわけにはいかないよユウちゃん。
　自信はあるんだよ……だって、そうなんだよユウちゃん、ここの家の、土地の頭金に相互銀行から借りた個人ローンの二百万だって、きちんと支払いを済ませたんだからね……うん、済ませたんだよユウちゃん、しかもたった二年で！　わずか二年で済ませたんだから。月々、その、七万七千二百十三円のお金を払って、そうだろ？　そんなことは銀行に問い合わせてもらえばわかることなんだから。苦にはならないんだよユウちゃん。ちっとも苦にはならない……だってそうだろユウちゃん、俺はずっと働いてきたんだから男4　……働いて働いて……それで……ね？　ここにこうやって、ようやく家をもつことができたわけだからさ……だからなんでもないんだよ、月々七万七千二百十三円の支払いなんか。だから返せるよ会社の金だって。自信はあるんだから。

女1　わかったけど、もし返せるとしてもウチの会社はいいよ最後で。

男4　最後？　最後ってなんですか？

女1　いや、フジワラさんや、カマタさんに先に返した方がいいんじゃないかって思うんですよ。カマタさんなんかいい加減ピリピリしてきてるから。俺ピリカマって呼んでるんです。

男1　カマタさんにいくら借りてるんですか？

女1　七十万円。

男1　それで、どういう約束なんですか？　月々いくら返すって言ったんです。

女1　月々、五千円。

男1　フジワラさんにはいくら借りたんです。

女1　四十二万円。

男1　それで、フジワラさんには月々いくら返すって約束したんです。

女1　……。

女1　忘れたんですか、言ってください。

男1　月十二万円。

女1　他には⁉

男1　……。

女1　他にはないんですか⁉　借金ですよ！

男1　ホシノさんに十五万円……ホシノさんには月々六千円……オオモリさんに五十三万円……オオモリさんには月々五万三千円……ハナモトさんに九十五万円、ハナモトさんには月々五万円、ショウジさんに七十八万円、ショウジさんには月々七万八千円……クロカワさんには百万円、クロカワさんには月々十万円……ササキさんには六十五万円、

女1　もう結構です……

男4　（さすがに蒼冷めていて）どうするのショウちゃん……。

男1　働くよ……働くしかないじゃないか……そんな、たいしたあれじゃないんだ……

男4　だって……なあ、何に遣ったんだよショウちゃん……。

男1　……。

女1　あたしたち……もうおしまいじゃないですか……。

男1　何を言ってるんだよ……おしまいって、全然平気だよ……全然おしまいなんかじゃないよ、なあユウちゃん……
男4　おしまいかもしれないよ。
男1　(声を荒げて) おしまいじゃないよ！　金だぞユウちゃん！　金なんか、どうにかなるよ働けば！
男4　働けばって、限界あるよ、ウチの会社しょうゆ入れ作って売ってるだけなんだからさ。
女2　あの……
男4　？
女2　しょうゆ入れ？
男4　しょうゆ入れです。お弁当に入ってるでしょ、おかずにかける、
男2　ああ、ちっちゃい、こんな、
男4　ええ。あれを作ってるんです。あれ専門。ソースはまた別の会社ですから。
女3　え、空間デザイナーじゃなかったんですか？
女2・男2　空間デザイナー？
女2　私共にはレコーディング・エンジニアと

男４　しょうゆ入れです。（女３に）誰？
女３　スズキさん。
男４　スズキさん。
男２・女２　（男３に会釈）
男４　（男１に）むつかしいよ、爆発的なしょうゆブームでも来れば別だけど……。
男１　来るさ！
男４　来るかな。
男１　来るよ！（女１に）だからトシエ、な、ちょっとだけ手伝ってくれ、ちょっとだけでいいんだ……！
女１　どうしろって言うんですか……
男１　だから、それはこれから三人で、まず家族三人で話し合うんだよ……おまえと俺とケンタロウと、家族三人で。
女１　あなた、自分のやってることがわかってるんですか。
女３　それはお母様も同じなんじゃないんですか？
女１　あなたまだいたの⁉
男１　まだいたのか！

女1　もう五時とっくに過ぎてるじゃありませんか！

男1　そうだよ五時とっくに過ぎてるよ。

女1　（男1の台詞にかぶせて）繰り返さないで！

女3　すいません行きます……差し出がましいことは承知ですけど、お父様のおっしゃる通り、よく話し合うべきだと思います。

女1　あなたはなんでも話し合い話し合いって、話し合いなんて、そんなもの事態をややこしくするだけなんです！　行ってください！

女3　はい。（男2、女2に深々と頭を下げて）失礼します。

女2　さようなら。

女3　（再度礼して、行こうと）

男3が二階階段上の踊り場に来ていた。

女3　ケンタロウくん。

女1　あなたが来ないから見に来たんです。

女3　（男3に）ごめんなさい。（と上がって行く）

男3　（女1に、あるいは男1に）おばあちゃんが……

男1　え？

男3　おばあちゃんが「今夜もカレーかよ」って。

短い間。

女1　見てごらんなさい。あなたがなかなか来ないから混乱してしまったんです。

男3　マルが伝言してくれたんだ……おばあちゃんからみんなに。「今夜もカレーかよ」って。

女3　……（女1に）カレーなんですか？

女1　カレーじゃありません。

女2　（男2に）マル？

男2　象だよ。

女2　象。

男4　俺はカレーでもいいですよ。

女1　カレーじゃありません。（男1に）なんなんでしょう。

男1　（男3に）そうか。ありがとう。
男3　うん。
女1　今夜もって、まるでカレーしか作れないみたいじゃありませんか。
男1　いいじゃないか。
女1　ですけど、今夜は野菜炒めなんですから。
男4　お、いいですね野菜炒め。
女1　あなたには炒めませんよ。
女3　行こうケンタロウくん。
男4　あ、ケンタロウくん。
女1　ケンタロウは勉強なんです。
男3　（あまり関わりたくなさそうに）何？
男4　犯人、ハセガワさんだった……。
男3　え……
男4　ハセガワさんだった……カンコも。
男3　ハセガワさんが!?
男4　うん……

男3　（階段を降りて来て）ハセガワさんが自分からやったって言ったの⁉

男4　うん……

男3　……。

男1　動物殺した犯人？

男4　だからそうだってば。

女2　（男2に）誰ですかハセガワさんて。

男2　知らない。なんでも知ってるわけじゃないんだ。

女2　ええ。

女3　お猿さんですよねハセガワさんて。

男4　うん。

男1　お猿さんが……⁉

男4　アワザル。

男1　アワザル……⁉

男3　ハセガワさんなんでそんなことしたのさ⁉

男4　それがなんでかって聞いてもよくわからないんだよ……だからね、誰でもよかったって言うんだ……なんだかムシャクシャしたからやったって。ほらアワザルだから、あれして、柵をすり抜けたらしいんだよ……アワザルは人間なんかよりずっと利巧だからね。

女1以外の皆、アワザルのことを考える。

女1　（主として男1にあてつけるように）今はアワザルのことを考える時間なんですね。わかりました。
男1　違うよ。アワザルのことなんか。
男4　なんかってなんだショウちゃん。
男1　だって無差別殺動物猿だろ！
男4　俺最初ショウちゃんがやったかと思ったよ……
男1　え？
男4　だから、俺をケンタロウくんから、ひいてはこのウチから遠ざけようとして
男1　バカ言うなユウちゃん！
女3　（階上から）ケンタロウくんそれ……。

アワザルの一件で意気消沈したケンタロウが、黄色いカップの紅茶を飲んでいた。

女1　！　ケンタロウ！（とカップを奪う）

女2　あ、あーあ……

男3　なに？

女1　まだ飲んでないわよね!?

男3　飲んだよ。

女1　……！

女2　ああ、おこづかいあげないと。

男1　やめてもらえませんか。

女2　はい。

男4　（男1に）何、どうしたの？

男1　いや……

女1　来なさい！（とトイレへ男3を連れて行こうと）

男3　（面喰らって）なに!?

女1　吐くんです！
男1　やめろ。
女1　なにしてるんですかあなたはお医者さん呼んでください！
男1　（大きく）もうやめるんだ！

沈黙。

女1　大声出さないでください……！　死んじゃいます。ケンタロウが死んじゃいます！
男1　死なない……これはおまえがケンタロウを守るために淹れた紅茶だ。だからケンタロウは死なない。
女1　……。
男1　っていうか、むしろ元気になる。あれはビタミンだ。
女1　（小さく）ビタミン……？　何がですか？
男1　キッチンの棚のシュガーポットの中身だよ……ビタミンC、E、B_2だ……B_2は少しだけ。苦くなるからね。

女1　あなただましてたんですね、私を……。

男1　だましてなんかいないよ。おまえが自分で自分をだましてたんだ……わかってたんだろ？

女1　なにを言ってるんですかあなたは……借金まみれのクセに。

男1　それとこれとは別！

女1　……。

男1　（ムキになって）それとこれとは別！

女1　わかりました！

沈黙。

男1　何人ぐらい殺したかな……五十人は超えてるだろう……

女1　千人超えてます……

男4　それもはや戦争だね。

男1　子供の頃からだって言ってたもんな……。

女1　殺さずにいられるかしら……？

男1　え？
女1　あたしです。これから誰も殺さずに生きていけるのかしら……。
男4　戦場の会話みたいだね。
男1　（制して）ユウちゃん。
女3　ケンタロウくん。

ケンタロウ、眠っている。

女2　眠ってるの……？
女1　（ギクリとなって確認）
男1　生きてるよ。
女1　……。
男1　生きてるよ……。

と、突如神聖な音楽が鳴り響き、照明が変わる。
二階からいかにも神様的な格好で男6が現れる。

やがてその音楽は、神様が担いだ巨大なラジカセから流れ始めていることがわかる。

男6　愛を求める者たちよ、空の色を知りなさい……喜びを求める者たちよ、花の香りを知りなさい……幸福を求める者たちよ、心の深さを知りなさい……求める者たちはやがてそこで〝私〟と出会うだろう……〝私〟はいつもそこにいると知るだろう……。

女1　どちら様でしょう……⁉

男6　神様です。

皆　神様……⁉

男6　ケンタロウくん。

皆　（ケンタロウを見る）

男6　ケンタロウくん。

男3　呼ばないでよ！

男6　ちょっと下ろさせてもらうよ……（とラジカセを下ろして）ナウいかね。

男6　ケンタロウくんはいつも……

皆、口々に「今時ラジカセかついでるって……」とか「ナウいかねって」とかボソボソと言い合う。

と、言いかけた時、カセットが使い残しだったからか、一瞬「ゆず」の曲が聞こえ、また戻る。

皆、「今ゆずの曲が」とか「消し残しだ」とか、言う。

男6　ケンタロウくんはいつも、ひもじい思いをしているホームレスさんに毎日のように給食のパンを恵んでくれ、恵んであげてたろ？……

男3　（きっぱりと）いいえ。

男6　……（皆に）随分前のことだから忘れているんだ……君が小学校一年生の時だからね……

男3　そんなもったいないことしてません。ホームレスの人にあげるくらいなら断然動物にあげます男6　え……だって……（と考えて）え、じゃあ違う子か？

　　一同、顔を見合わせる。

男6　え、じゃあ私は、四年間も違う子を選ばれた子だと言って見守っていたのかい…

男1　…!?　そんなことよりそれウチの花瓶ですよね。

男6　あ！

　　男6が懐に花瓶を隠し持っていたのだ。
　　逃げようとする男6を皆でワイワイとボコボコにする。
　　が、いつの間にか男6、ボコボコにする側にまわっている。

女1　ちょっと待って！

男2　消えた……！

男6　一体いつの間に!?

男4　うるせえ！（と男6を張り倒す）

皆、男6をボコボコにする。

男6　（悲鳴をあげて逃げて行く）

男4　ざまあみろ！

男2　ちょっと待ってください！

女2　（男2に）どうしたの⁉

男2　財布がありません。

皆　（口々に）あいつ！

男4　探して捕まえましょう。まだそう遠くへは行ってないハズです。

男2　あ、（ポケットから財布を出して）ありました財布。

男4　ええ。二手に分かれましょう。

皆　（それぞれに同意）

男4　あなた方、そっちお願いします。私達はこっち探しますから。

何となく「こっち」は男4、男1、女1、男2、「そっち」は女2、女3、男3になっている。

女3　待ってください。
男4　はい？
女3　駄目ですよこれじゃあ。
男4　何が。
女3　そっちはいいかもしれませんけどこっちはどうなんです。女二人と子供一人ですよ。
男4　ああそうか。じゃああなた（男2）あっち行って。
男2　あ、はい。
男1　え、それで？
男4　それでって？
男1　誰もこっちに来ないの？
男4　（これ以上ないというぐらいムキになって）だってしょうがないじゃない。我々は七人しかいないんだよ。どっちかが四人になればどっちかはどうしたって三人になるよ！

男1　（面喰らって）なんでそんなにムキになるんだよユウちゃん。

女2　それじゃこうしませんか？　あたしはそちらのことを考えながらこちらを探します。

男4　はい？

女2　ですから、そちらのことを考えながらこちらを探すんです。

男4　それって気もそぞろってことですか？

女1　こうしましょうか。

男4　あなたは黙ってて下さい。（皆に）名案を思いつきましたよ。二手に分かれるのをやめるんです。

女1　私も今そう言おうとしたんです。

男4　負け惜しみはよしてください。少し待ちましょう、犯人は必ず現場に戻って来るといいますからね。少し時間はかかるでしょうが（と言いかけるなり、男6がソロリソロリと戻って来るので）ほぉら、さっそく戻って来ましたよぉ。みなさん慌てないで死んだフリをするんです。

女3　死んだフリは熊に出会った時じゃないんですか？

男4　この際しょうがないでしょう！　はい！

皆、クマのフリをして「ガォーッ」とか言う。

男4　ちょっとちょっと！　熊のフリをしてどうするんですか！　死んだフリと言ったんですよ！（男6が怯えているので）怯えちゃったじゃないですか！（男6が死んだフリをするので）そして死んだフリをされちゃった！　先を越されてどうするんですか！　もはや我々はすっかり時代遅れですよ！

男1　（男6に）もしもし。（男4に）死んでるよユウちゃん！

男4　フリだよ。ショウちゃんだまされてどうすんの！　そんな、いよいよ熊だよ俺達。

女1　だけど、本当に死んでるわ……。

男2　ホントだ、息してないよ……。

男4　え……

男1　死んでるよ……ユウちゃん！

女3　（男2を責めるように）どうするんですか……

男2　（動揺して）俺!?　俺じゃないよこいつだよ（と女1を指す）

女1　（シリアスに）あたしじゃありませんよ！
女2　（シリアスに）責任なすりつけ合ってる場合じゃないでしょ！　あなた（男4）が全部いけないんだから！
男4　えー……⁉
男6　なんちゃって。

皆で男4をだましていたかのように、男4以外、大笑い。

男4　（ホッとして）なんだよぉ！　ドッキリかよぉ！
皆　（男4に向かってハッピーバースデーを唄う）
男4　え、誕生日でもないのに。（とか）でもいいもんですね（とか）
皆　ハッピーバースデーディア神様～（と神様を見る）
男4　あ、俺じゃないのか。
皆　ハッピバスデートゥーユー（トゥーユーだけマイナー）
男6　こわいよぉ！
男4　うるせえ！（と張り倒す）

皆でワイワイと男6をボコボコにする。

男6　（悲鳴をあげて逃げてゆく）

男2　あれ、この風景、どこかで見たような気がしますね……

男4　デジャブです……。

男3、いつの間にか眠っている。

明かり、元に戻る。

男1　見てみろ。ホラ、トシエ、笑ってるよ……ケンタロウの奴笑ってる……。

女2　楽しい夢でも見てるんですねきっと……。

女1　……（ゆっくりと、祈るように手を合わせる）

男1　何してる……トシエ……

女1　お祈りですよ……

男1　（微笑んで）お祈りか……

男4　お祈りって、神様にですか？
女1　神様にじゃありません……みんな神様に祈ってひどいメにあってるじゃないですか……
女3　じゃあ何に祈ってるんですか？
女1　(少しの間、戸惑うが)ケンタロウです。
男1　うん……それはいい……
男4　じゃあ俺も(祈る)
男1　ユウちゃん何に祈ってるんだい。
男4　ん、野菜炒め。
女3　そんなものに祈ってどうするんですか。
男4　どうする？　食うんだよ。
女3　(なんとなく男2に)あたし、クリスチャンじゃありませんでしたけど、中学生の頃、よく好きな人と結ばれますようにって神様に
女1　(遮って)ロクでもない話しないでください、今集中してるんですから。
女3　ロクでもないって……
男2　さあ、私たちはお暇しよう。

女2　待ってください。
男2　なんだい。
女2　あたしたちも祈りませんか……？
男2　……何にだい。
女2　決まってるじゃありませんか……サチオにですよ……（手を合わせて）
男2　うん……。（手を合わせる）
女3　（女1を気にして少し小声で男1に）じゃあ私は未来の私に……。
女1　あなた……。

人々、それぞれの対象に対して手を合わせ、祈った。

男1　ん……？
女1　（怯えるように）いえ……。
男1　なんだ、どうした……？
女1　祈りたいのはあれで、山々なんですけど……何を祈ったらいいかがまったくわからないんです……

男1　え……。
女1　わからないんです……私、わからない……。
男1　バカ、そんなこと別に……深く考えることないんだよ……ケンタロウケンタロウって、そう思ってればいいんだよ……。
女1　ケンタロウケンタロウって？
男1　ケンタロウケンタロウって。
男4　(小さく) 野菜炒め野菜炒め……
男1　ほら……
女1　わかりました……
男1　俺も一緒に祈っていいか、ケンタロウに……。
女1　いいに決まってるじゃありませんか……。
男1　そうか……いいか……。
女1　静かにしてください、集中してるんですから。
男1　うん……。

それで、再び、男1と女1はケンタロウに、男2と女2はサチオに、女3は未来の自分に、男4は野菜炒めに、それぞれ祈る時間、あって――。

突如、突風が吹くので、皆、祈る手を休める。

男4　なんだ……!?

トイレのドアがバタンバタンと動き、机の上の聖書の頁がとれてパラパラと飛んでゆくなど、いくつかの異変が起こる。

続いて雷雨と稲光。

女2　なんでしょう……。

男2　うん……。

女3　(微笑みながら女1に) 神様が焼きもち焼いてるんじゃないですか、誰も自分に祈ってくれないから。

女1　そうですね……。

女3　そうですよ……。

動物達が一斉に鳴き始める。
皆、動物園の方を見る。

男3　(目を覚ます)
女2　(男2に) なにかしら一斉に。
男2　地震でも起こるのか？
男4　(フフッと笑ってから) ケンタロウくん。
男3　うん。
男1　なんだい……？
男3　なんでもない……。
男4　動物達が唄ってるんだよ……。
女1　唄ってるのこれ……
雨の音。
男3・男4　フフフ……。

男1　「雨に唄えば」か！
男4　何言ってんの？
男1　映画の題名だろ。
男3　え、観たの？
男1　いや、そうじゃなくて、そういう映画があるから、
男3　何言ってんの。
男1　……。

動物達の声と雨音が一層大きくなる中、壁面パネルが下りてくる。
男6（神様姿）が、なんならハンドマイクを持って現れる。

男6　闇を恐れるものたちよ、耳を澄ませて〝私〟の訪れを待ちなさい……憎しみに震える者たちよ、拓かれた眼に〝私〟が写し出されるのを待ちなさい……やがてすべての、まやかしは去り、光に姿を変えた〝私〟が汝等を包むだろう……。

パネルの中、つまり部屋の中に雨が降り始める。

男6　これで、このバチ当たりな物語は一巻のおしまいです。作・演出ケラリーノなんたら、出演、広川三憲（男6を演じている俳優の名前）他、ナイロン一〇〇℃公演「神様とその他の変種」。本日は御来場、誠にありがとうございました。

男7が来る。

男7　すいません……。
男6　（ギクリとするが）なんだね……？
男7　ちょっと署まで御同行願えますか……？
男6　なにがだね。
男7　いいから。
男6　私は神様なんだけどね。
男7　お話は署で伺いますから。
男6　いや私は
男7　（かぶって）つべこべ言わずにさっさと来るんだ！

男6　（悲鳴）

雷。

土砂降りの雨の中、男6の悲鳴とかぶるように皆の笑い声。

あるいは、ある種の寂寥感の中――。

女1　何の声？

男1　なにが？

女1　今誰かの声がしませんでしたか？

男1　さあ……

女3　きっと神様が泣いてるんですよ、悔しくて……！

了

〈参考および引用文献〉

別役実著『木に花咲く』『そして誰もいなくなった』他
山崎哲著『ホタルの栖』『子供の領分』他
ヤスミナ・レザ著『GOD OF CARNAGE』
いしいしんじ著『ぶらんこ乗り』
ミシェル・ウエルベック著『ある島の可能性』

著者解説

ケラリーノ・サンドロヴィッチ

自作の解説を長々と書くことほど野暮なことはないと思うのだが、引き受けてしまった以上、何か書かなくてはいけない。
上演記録の頁にもある通り、「消失」は二〇〇四年暮れに新宿紀伊國屋ホールを皮切りに、年を跨いで一月に大阪、北九州、滋賀、松本、盛岡、新潟で上演。「神様とその他の変種」は二〇〇九年四月の下北沢本多劇場で幕を開け、名古屋、大阪、広島、北九州を巡った。共に私が主宰する劇団「ナイロン100℃」の公演である。

「消失」

まず思い出されるのは、紀伊國屋ホールの最後列に座って本番を観劇していると、向かいのビルに入っていたカメラ屋が歳末大売り出しをやっていて、メガホンを通じてのけたたましい売り声に、イライラしっぱなしだったこと。幸い、周囲の観客は、さほど集中を削がれている様子はなかったけれど、こうしたことに異様なまでに過敏な演出家である私は、胃の痛みに悩まされっぱなしだった。

大阪公演は「ワッハ上方」という劇場で上演させてもらったのだが、当然ながら気になったのは、このシリアス目な作品を、そんな呑気なネーミングの劇場で上演してよいものかということだった。たしかにコメディとしての要素も多分にあるものの、終盤はかなりヘヴィーでダークであるし、そもそも「消失」という、悩み抜いたあげくつけたシブい題名も、上演されるのが「ワッハ上方」じゃあ、元も子もないのではないか。だからと言って、劇場を変更するわけにも劇場名を変えてもらうわけにもいかず、一同違和感を抱えたまま、大阪公演は決行された。

「消失」は、善意溢れる人間たちを書きたい、という一心が筆を進ませた作品だ。それまで、なにがしかのドラマが生み出される、その動機、或いはきっかけを「悪意」に求めがちだった私は、飽きていたのだろう、「善意」がすれ違うことで生まれるドラマに、大きな興味を抱いていた。「善意が生み出す悲劇」は、悪気がないだけに、いよいよ始末に負えない悲劇となる。

もっとも、一度経験してしまうと、善意も悪意も表裏一体で、相対的なものだという私的結論に行き着いたわけだけれど、これはこれで成果をあげたと思いたい。スタンリーが「結婚しても兄ちゃんのことが一番好きだ」と訴えるシーンは、言うまでもなく、小津安二郎監督の「晩春」からの引用であるが、このやりとりを父娘間ではなく兄弟間で、しかも、弟のスタンリーはレプリカ（とかロボットとかアンドロイドとか人造人間といった言い回しを、劇中でスタンリーを指して使うことは慎重に避けたが）であるという特殊な設定で行うと、小津映画とは全く異なる色彩を帯びる。

この作品が、有り難いことに多くの支持者を集めることになったのは、テーマ曲として使用したザ・タートルズの「HAPPY TOGETHER」と共に思い出される、独特の肌触り故だろう。また、アナログ人間のみが発想し得た、古風ともいえるSFテイストが効を奏したとすれば、直感と偶然の勝利である。行き当たりばったりの作劇であるが、直感と運のよさだけは信じている私である。

「神様とその他の変種」

一読してお分かり頂ける通り、会話の文体にこだわり抜いた一作だ。ぶっちゃけて言ってしまうと、我が心の師、別役実氏の、完全なる模倣である。うまくいったかどうかはわからない。ともかく一度、頭から終わりまで、一作通してこうした文体で書いてみたかった。

前半をサスペンスとして描き、後半で「実はサスペンスでもなんでもなかった」とバラしてゆく、意地悪な構成も、一度やってみたかった。再読してみて、人生においては、サスペンスなんかよりも、こうした小さな心の問題の方がずっと魅力的でしょ？　と我が物顔で提示しているようにも感じ、個人的には「何様だ」とイラッとさせられたが、たしかにその通りなのだ。

最終盤近くに、ケンタロウの夢として、ナンセンスなコントが繰り広げられる。ここは、やっちゃっていいのかどうか、悩みに悩んだところである。別に、無くてもなんら構わないシーンであるが、このシーンを置くことで、もっともらしく言えば異化効果が生まれたのではないか。一応は書き上げた台本を、稽古場でキャストに読んでもらい、意見を求めた。そこにいた皆が一様に面白がってくれたあの数時間が無ければ、結末はまったく別のものになったに違いない。

シリアス極まりない会話や場面に、いきなり笑いをもってくるという冒険は、この作品と、この作品の前にやはり劇団に書き下ろした「シャープさんフラットさん」に顕著である。自分の中での流行りというものが、常にある。

戯曲がいよいよもってまったく売れないこの御時世に、アーサー・ミラーやハロルド・ピンターや岸田國士といった大巨匠と並んで、「ハヤカワ演劇文庫」に加えて頂けたことを、心から光栄に思う。この文章を書いている今、私は「百年の秘密」という、作品を劇団に書き下ろしたばかりだが、まさにこの舞台はミラーやピンターら、現代演劇の巨匠たちへのオマージュなのだった。

出版にあたり尽力頂いた早川書房「悲劇喜劇」の編集長でもあられる今村麻子氏には御礼の言葉もない。そしてもちろん、上演の際、遅れに遅れた台本を待ち続け、見事に具現化してくれた劇団員と客演さん及びスタッフさん、それから観客の皆様にも、深く謝意を表したい。

願わくば、どういうわけかこの本が売れに売れて、二冊目、三冊目と続刊されますよう。

初演記録

NYLON100℃ 27th SESSION

消失

［東京］二〇〇四年十二月三日〜二十六日　新宿紀伊國屋ホール

〈ジャパンツアー二〇〇五〉

［大阪］二〇〇五年一月六日〜九日　ワッハホール

［北九州］二〇〇五年一月十四日・十五日　北九州芸術劇場中劇場

［滋賀］二〇〇五年一月十八日　栗東芸術文化会館さきら

［松本］二〇〇五年一月二十一日　まつもと市民芸術館

［盛岡］二〇〇五年一月二十七日　盛岡劇場

［新潟］二〇〇五年一月三十日　りゅーとぴあ（新潟市民芸術文化会館）

作・演出ケラリーノ・サンドロヴィッチ

舞台美術＝島次郎、照明＝関口裕二（balance,inc.DESIGN）、音響＝水越佳一（モックサウンド）、映像＝上田大樹（INSTANT wife）、衣裳＝山本華漸（Future eyes）、ヘアメイク＝武井優子、演出助手＝山田美紀（至福団）／南慎太郎、舞台監督＝福澤諭志＋至福団、制作＝花澤理恵、企画・製作＝シリーウォーク

出演＝大倉孝二（チャズ・フォルティー）、みのすけ（スタンリー・フォルティー）、犬山イヌコ（ホワイト・スワンレイク）、三宅弘城（ドーネン）、松永玲子（エミリア・ネハムキン）／八嶋智人（ジャック・リント）

NYLON100℃ 33rd SESSION
神様とその他の変種
［東京］二〇〇九年四月十七日〜五月十七日　下北沢 本多劇場
［名古屋］二〇〇九年五月二十一日　愛知県勤労会館（つるまいプラザ）

［大阪］二〇〇九年五月二十三日・二十四日　イオン化粧品 シアターBRAVA！
［広島］二〇〇九年五月二十六日　アステールプラザ大ホール
［北九州］二〇〇九年五月三十日・三十一日　北九州芸術劇場中劇場

作・演出ケラリーノ・サンドロヴィッチ

音楽＝朝比奈尚行、美術＝BOKETA、照明＝関口裕二（balance,inc.DESIGN）、音響＝水越佳一（モックサウンド）、映像＝上田大樹／荒川ヒロキ、衣裳＝前田文子、ヘアメイク＝武井優子、演出助手＝相田剛志、舞台監督＝宇佐美雅人（バックステージ）、プロデューサー＝高橋典子、制作＝仲谷正資／北里美織子／太齋志保／佐々木悠／永田聖子、企画・製作＝シリーウォーク／キューブ

出演＝峯村リエ（女1〔サトウケンタロウの母親〕）、山内圭哉（男1〔サトウケンタロウの父親〕）、犬山イヌコ（女2〔スズキサチオの母親〕）、山崎一（男2

〔スズキサチオの父親〕)、水野美紀（女3〔サトウケンタロウの家庭教師〕)、みのすけ（男3〔サトウケンタロウ〕)、大倉孝二（男4〔ユウちゃん＝動物園の飼育係〕)、長田奈麻（女4〔隣家の主婦〕)、植木夏十（女5〔男1の母親〕)、藤田秀世（男5〔子供達の担任教師〕)、廣川三憲（男6)、猪岐英人〈研究生〉（男7〔刑事〕)、白石遥〈研究生〉（女6〔近所の女〕)

本書収録作品を上演の場合は、「劇団名」「劇団プロフィール」「プロであるかアマチュアであるか」「公演日時と回数」「劇場キャパシティ」「有料か無料か」住所、担当者名、電話番号を明記のうえ、左記までお問い合わせください。

株式会社キューブ
E-mail：webmaster@cubeinc.co.jp
電話：〇三‐五四八五‐二二五二（平日一二時〜一八時）

岸田國士Ⅲ

沢氏の二人娘／歳月／風俗時評ほか

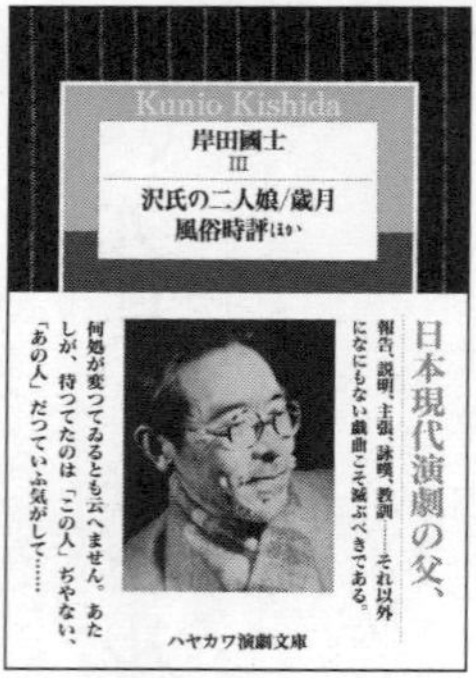

演劇における戯曲は、音楽における楽譜にあたる。俳優は、演奏家である。劇作家が、いわば「語られる言葉」という楽譜を提供し、これを舞台の上で聴衆の耳を通して実際に「語られる言葉」の世界に移すのは「声」という楽器をもった俳優である、と岸田國士は断っていた。岸田國士にとってあるべき劇とは、「劇のための劇」であり、そのための「語られる言葉の美」だったのだ。解説／今村忠純

ハヤカワ演劇文庫

坂手洋二 I

「屋根裏」「みみず」
解説：ロジャー・パルバース

引きこもり、戦争等を題材に世界最小の舞台空間が変幻するブラック・コメディ他1篇。

平田オリザ I

「東京ノート」
解説：内田洋一

美術館を通り抜けていく人々が奏でる多重的な物語。斬新なスタイルで世界を映す傑作。

ソーントン・ワイルダー I

「わが町」
鳴海四郎訳／解説：別役 実

小さな町の人々の平凡な日常を描きながら、人間存在の不安と希望を問う著者の代表作。

別役 実 I

「壊れた風景」「象」
解説：大場建治

主不在のピクニックに上がり込む図々しい集団心理を描く、ブラック・コメディ他1篇。

ウィリアム・サローヤン I

「わが心高原に」「おーい、救けてくれ！」
倉橋 健訳／解説：川本三郎

人生を肯定し、貧しい暮らしを優しい眼差しで見つめ続けた「劇詩人」による珠玉の2篇

ハヤカワ演劇文庫

マキノノゾミⅠ
「東京原子核クラブ」
解説：宮田慶子

時は太平洋戦争前夜、若き物理学者たちが織りなす青春群像コメディ。読売文学賞受賞。

三好十郎Ⅰ
「炎の人」
解説：三好まり

彼こそ真の画家だ——その名はヴァン・ゴッホ。日本演劇史に燦然と輝く巨星の代表作！

ハロルド・ピンターⅠ
「温室」「背信」「家族の声」
喜志哲雄訳

代表作「背信」他、日常に潜む不条理をユーモアと恐怖のうちに活写する後期劇作3篇。

トム・ストッパードⅠ
「コースト・オブ・ユートピア」
広田敦郎訳／解説：長縄光男

時代を拓いた革命家たちの生涯を等身大に描き切る、英国演劇の巨匠渾身の歴史叙事詩！

マイケル・フレインⅠ
「コペンハーゲン」
小田島恒志訳

原爆開発競争の渦中で、二人の天才は何を語ったのか？　トニー賞を受賞した傑作思想劇

ケラリーノ・サンドロヴィッチ

消失《しょうしつ》／神様《かみさま》とその他《た》の変種《へんしゅ》

〈演劇32〉

二〇一二年六月二十五日　発行
二〇二〇年六月　十五日　二刷
（定価はカバーに表示してあります）

著者　ケラリーノ・サンドロヴィッチ
発行者　早川浩
印刷者　竹内定美
発行所　株式会社　早川書房
郵便番号　一〇一‐〇〇四六
東京都千代田区神田多町二ノ二
電話　〇三‐三二五二‐三一一一
振替　〇〇一六〇‐三‐四七七九九
https://www.hayakawa-online.co.jp

乱丁・落丁本は小社制作部宛お送り下さい。
送料小社負担にてお取りかえいたします。

印刷・信毎書籍印刷株式会社　製本・株式会社川島製本所

ISBN978-4-15-140032-2 C0193

本書は活字が大きく読みやすい〈トールサイズ〉です。